Wir alle leben in einer Irrenanstalt

Wir alle leben in einer Irrenanstalt

von Carlo Consapevolezza

Bibliografische Information der Deutschen Nationalbibliothek
Die Deutsche Nationalbibliothek verzeichnet diese Publikation in der
Deutschen Nationalbibliografie; detaillierte bibliografische Daten sind
im Internet über http://dnb.d-nb.de abrufbar.

© 2012 **Carlo Consapevolezza**
Satz, Umschlaggestaltung, Herstellung und Verlag:
BoD™ – Books on Demand, Norderstedt
ISBN 978-3-8448-3034-7

Inhalt

Kennen Sie das Gefühl, sich im falschen Film zu befinden? Zur falschen Zeit am falschen Ort zu sein? Versehentlich auf dem falschen Planeten gelandet zu sein? Alles wirkt wie ein Tollhaus, Sie scheinen nur von Irren umgeben zu sein? Nur Irre in Politik, Wirtschaft und Justiz? Jeder kämpft gegen Jeden, Jeder lügt Jeden an, der nimmer enden wollende Wahnsinn hat Methode? Fühlen Sie sich nur verarscht am Arbeitsplatz, und nur verschaukelt von Kirchen und sonstigen selbst ernannten Autoritäten? Und keine Besserung oder positive Änderung der Umstände in Sicht?

Dann willkommen im Boot! Die beruhigende Botschaft an Sie: Sie sind nicht alleine mit Ihrer Sichtweise, und es liegt nicht an Ihnen!Die meisten Menschen um Sie herum sind ähnlich betroffen, würden sich aber eher die Zunge abschneiden, als die eigene Betroffenheit zuzugeben.

Endloses Wachstum der Wirtschaft als gemeinsame Hauptreligion, als oberstes Ziel, als Maxime der Menschheit. So ein Quatsch. Das Einzige, was endlos wächst, sind die Staatsschulden und die Anzahl der psychisch Kranken. Aber das ist ja wohl so gewünscht, damit lässt sich ja gut verdienen. Aus diesem Märchen vom endlosen Wachstum lässt sich gut Kapital schlagen. Zumindest für einen kleinen Teil der Menschheit. Die Mehrheit zahlt die Zeche. Für diese Mehrheit heißt das Motto: »Gürtel enger schnallen«. Aber immerhin bleibt als Trost, dass unbegrenztes Wachstum ins Minus ja auch eine Form von Wachstum ist.

Die Mehrheit der Menschen bleibt heutzutage auf der Strecke. Die Daseinsberechtigung des Einzelnen ergibt sich aus seiner Funktion als Stimmvieh und Nahrungsgrundlage für die elitären Schichten unserer Gesellschaft, die Entscheidungsträger und Kapitalinhaber unserer globalen Irrenanstalt. Wobei immer die entscheiden, die nicht gewählt sind, und diejenigen, welche gewählt sind, haben nichts zu entscheiden.

Aber so ist das nun mal in einem Irrenhaus. Und damit sind wir bei meinem Erklärungsversuch angekommen, warum alles so ist, wie es ist. Wir Menschen sind ja immer auf der Suche nach einer plausiblen Erklärung, die unsere Wahrnehmung der Welt in eine vom Verstand nachvollziehbare Übereinstimmung mit einem passenden Konzept bringt.

Eine Erklärungsmöglichkeit ist: dieser Planet ist ein psychiatrisches Freiluftexperiment, das aus dem Ruder gelaufen ist, und der verantwortliche Leiter des Experiments hat sich ganz offensichtlich aus dem Staub gemacht!

Na ja, zugegeben, es gibt auch andere Erklärungsmöglichkeiten. So hat z.B. bereits vor vielen Jahren Aldous Huxley vermutet, dass unser Planet nur die Hölle eines anderen Planeten ist. Diese Sichtweise hat schon was für sich. Vor allem, wenn man in Bayern lebt, und somit von der CSU und der katholischen Kirche regiert wird. »Macht und Missbrauch« sind hier zwei Schlagworte, die nicht nur einen erfolgreichen Buchtitel wiedergeben (sehr zum Ärger der CSU), sondern gleichzeitig eine kurze und prägnante Beschreibung unserer im Alltag praktizierten Regierung darstellen.

Ein anderer Erklärungsversuch, ein anderes Bild zur Beschreibung der Zustände in unserer Gesellschaft, ist die Sichtweise von Jean- Paul Sartre in seiner Veröffentlichung: »geheime Gesellschaft«, früher: »hinter verschlossenen Türen«. Sartre vermutet hier, dass wir alle selbst für uns gegenseitig die Hölle sind (original: »l`enfer c`est nous«, übersetzt: »die Hölle, das sind wir«). Bei Betrachtung der Zustände und der gesellschaftlichen Entwicklung auf unserem Planeten ist diese Vermutung ja nicht ganz abwegig. Sartre hat sich dann ja auch später konsequenterweise selbst getötet. Diesem Beispiel sollten vielleicht doch auch mal leitende Banker und Finanzmanager sowie führende Politiker folgen.

Eine Frage, die sich so ganz nebenbei ergibt: gibt es auf unserem Planeten eigentlich intelligentes Leben? Also mir ist bisher noch keines über den Weg gelaufen. Die Mehrheit der Menschen tendiert dazu, entgegen aller statistischen Wahrscheinlichkeit (die wäre nämlich 50/50), bei den täglich anstehenden Entscheidungen sich möglichst oft für die schlechtere der beiden Möglichkeiten zu entscheiden. Ausnahmen bestätigen die Regel. So hat beispielsweise die Mehrheit der bisherigen FDP- Wähler doch gemerkt, was das für eine Pappnasen- Truppe ist, und bei den letzten Wahlen dafür gesorgt, dass hier für die Landtage das Motto gilt: »Ich darf hier nicht hinein, ich muss draußen bleiben« (eine Runde Mitleid für die FDP, ein dickes Lob für den Wähler. Vielleicht handelte es sich hier doch um einen spontanen Intelligenz- Ausbruch). Dieses letztgenannte Motto - »ich darf hier nicht hinein«- scheint auch das Credo für den Zutritt möglicher intelligenter Lebensformen zu den Spitzengremien in Politik, Wirtschaft, Justiz und Kultur zu sein. Meiner jahrelangen Beobachtung nach handelt es sich hier um streng Intelligenz befreite Zonen. Aber vielleicht bin ich ja auch nur zu ungebildet, manche sozialen Zusammenhänge zu verstehen. Ein aktuelles Beispiel zur Verdeutlichung des Gesagten: die »Rettung« Griechenlands. Vielleicht kann mir ja jemand aus der Leserschaft in einer für mich nachvollziehbaren Art das ganze Spektakel erklären. Also: ein Land erschleicht sich die Zugehörigkeit zur Eurozone mit gefälschten Bilanzen, was aber damals offensichtlich keinem der involvierten Experten aufgefallen ist, was auch nicht gerade zu Vertrauen in deren Kompetenz führt (und ich fürchte die Kompetenz dieser Experten bewegt sich heute genau wie damals im Bereich einer glatten Null). Die bisherige konsequente Staatsform in Griechenland war – und ist wohl bis heute - nicht, wie zu vermuten wäre für eine angebliche Wiege der Demokratie nämlich eben diese Demokratie, sondern die Korruption (wer meint, dass es im Rest Europas besser aussieht, sollte sich vielleicht an einen Psychiater seines Vertrauens wenden). Jetzt ist das Land pleite. Kriegt aber völlig sinnloser Weise vom Rest der EU, von Ländern, die sich ebenfalls am Rand einer Pleite befinden, viele Milliarden Euros, um den offiziellen Staatsbankrott zu vermeiden (für einen privaten Bürger oder einen Geschäftsinhaber wäre dies übrigens der vollendete Tatbestand einer Straftat, nämlich Konkursverschleppung. Nur so ganz nebenbei bemerkt). Das heißt konkret, andere Staaten, die selber kein Geld haben, leihen sich von Banken, die auch kein Geld haben, und die wiederum selbst vom Staat mit nicht existierendem

Geld von der Pleite gerettet werden, Geld, welches in der realen Welt nicht existiert, und geben dieses virtuelle Geld wiederum nicht denen, die es dringend bräuchten, also dem griechischen Volk, den in der realen Welt von der Finanzlage ganz real in allen Angelegenheiten ihres Alltags bedrohten Menschen, sondern den ausländischen Gläubigerbanken, um deren Zinsforderungen zu bedienen und damit diese erneut vor der Pleite zu retten!!Irre, oder? Aber die laufen alle frei herum, die sind nicht geschlossen untergebracht, damit sie keinen Unfug anstellen können. Das stützt wiederum meine Vermutung, dass der ganze Planet nichts anderes ist, als eine sich um seine eigene Achse drehende Irrenanstalt in diesem verrückten Universum. Wenn Dummheit und Wahnsinn schmerzhafte Zustände wären, würde der Lärmpegel auf unserem Planeten an allen Orten durch die Schmerzensschreie der Verantwortungsträger, Kapitalinhaber und Entscheider erheblich ansteigen. Zum Beispiel in den verantwortlichen Gremien der Politik und der globalen Finanzwirtschaft.

Diktatoren an die Macht

Ein anderes Beispiel für das von mir zitierte Motto: »ich (also intelligentes Leben) darf hier nicht hinein« ist der Umgang des Westens mit den afrikanischen und arabischen Diktatoren. Also nicht, dass ich für diese Typen irgendeine Sympathie empfinde, nein ganz sicher nicht. Aber auch hier bitte ich um konkrete Hilfe zum besseren Verständnis und um der Plausibiltät und Nachvollziehbarkeit willen. Also, jahrzehntelang hat der Westen sich glänzend mit diesen Jungs verstanden, also Typen wie Mubarak, Gadaffi und Co, und glänzende Geschäfte gemacht (oder machen die mit ihren Geschäften nicht sogar bis heute weiter, wie wenn nichts gewesen wäre?), und plötzlich merken sie, dass das ja Schmuddelkinder sind, mit denen keiner spielen will? Und dann erklärt der Westen, plötzlich geläutert und moralisch erleuchtet, seinen ehemaligen Freunden den Krieg. Natürlich ganz selbstlos. Wirklich nur aus edlen Motiven, nämlich dem unterdrückten Volk zu Freiheit und Demokratie – natürlich nach westlichem Verständnis – zu verhelfen. Und ganz ehrlich, banale materielle Dinge, wie Ölvorräte oder Bodenschätze, spielen dabei überhaupt keine Rolle. Der Westen ist nur getrieben von seiner Nächstenliebe (hatten wir das nicht schon mal zu Zeiten der Inquisition? Die Argumentation kommt mir zumindest bekannt vor).

Take home message – oder wie Kaya Yanar sagen würde - : »Aufgepasst«: such Dir Deine Freunde etwas genauer aus! Wenn Du solche Freunde hast, dann brauchst Du keine Feinde mehr. Also, Vorsicht im Umgang mit Nationen, deren Muttersprache Englisch ist. Das hat im Verlauf der letzten Jahrhunderte schon so mancher Nation das Genick gebrochen. Allzu enge Freundschaft mit diesen Nationen hat dauerhaft betrachtet eher geschadet. Kooperation ja, Freundschaft nein.

Irrsinn im Namen des Allmächtigen

Ja, unser Planet ist also vom grassierenden Irrsinn erfasst, und weit und breit ist keine Hilfe in Sicht.

Gott, Jahwe, Allah, das Tao oder Brahman oder wie auch sonst immer genannt, hüllt sich bekanntlich beharrlich in Schweigen und hält sich offenbar aus Allem raus. Von wegen Produkthaftungsgesetz und Herstellergarantie. Die Garantiezeit ist längs abgelaufen, und für die Folgeschäden übernimmt der Hersteller keine Haftung. Wie im richtigen Leben. Der/die Betroffene muss selber zusehen, wie er/sie zurechtkommt. Und das, obwohl sich alle Religionen in dem einen Punkt einig sind. Nämlich in dem Glauben, im Besitz der alleine selig machenden Wahrheit zu sein, alle Probleme der Menschheit lösen zu können, obwohl ein Großteil der Probleme der Menschheit ohne Religionen ja gar nicht existieren würde, und somit ganz legitim eine Vormachtrolle in der Lenkung der Menschheit zu beanspruchen.

Ist Ihnen eigentlich schon einmal aufgefallen, dass keiner der angeblichen Religionsgründer tatsächlich eine neue Religion gegründet hat? Das waren regelhaft die selbst ernannten Nachfolger der angeblichen Gründer. Die vermeintlichen Gründer würden sich vermutlich im Grab umdrehen, wenn sie wüssten, was sie angeblich gesagt und getan haben. Mal ganz ehrlich: wie zuverlässig sind mündliche Überlieferungen, die erst im Verlauf von Jahrhunderten schriftlich fixiert wurden? Sie kennen doch das berühmte Telefonspiel aus Ihren Kindertagen.

Damit kennen Sie auch das Ergebnis und die Antwort auf meine Frage.

Da ich aus dem ach so christlichen Abendland komme, möchte ich ein paar Anmerkungen zur Entstehung und Entwicklung der Amtskirche machen. Auf drei Schlagwörter will ich dabei zu sprechen kommen: Lügen, Intrigen und Gewalt. Lügen gepaart mit Betrug, Intrigen gepaart mit Machtansprüchen, und Gewalt gepaart mit Scheinheiligkeit. Aber alles der Reihe nach.

Von Anfang an, also nach dem Tod Jesu bzw. seiner Auferstehung, gab es unter den späteren Christen bereits rivalisierende Gruppierungen, die sich spinnefeind waren. Diese Rivalitäten zogen sich über dreihundert Jahre hin, bis durch den Kaiser Konstantin aus dessen rein und ausschließlich politisch und Macht orientierten Manipulationen heraus die heutige Fassung der Bibel entstand, und das Christentum zur Staatsreligion wurde. Und, dem unsichtbaren Gesetz des Irrsinns folgend, wurde ganz schnell aus der bis dahin verfolgten Kirche eine Kirche, die anders denkende Menschen verfolgte und ausrottete. Nebenbei sei auch bemerkt, dass mittlerweile klar ist, dass die Verträge, welche zur »Schenkung« des Vatikans führten, erstunken und erlogen waren, nichts als Fälschung, nichts als Lüge. Aber Schuldbewusstsein suchen Sie hier bis heute vergeblich, für die Kirche spielt das keine Rolle. Dass ganze Völkergruppen dem religiösen Irrsinn zum Opfer fielen, ist jedem an Geschichte interessierten Bürger hinreichend bekannt. Dass gegenseitiges Morden zwischen Christen und Moslems nicht nur Geschichte und Vergangenheit ist, nehmen wir leider fast täglich über die Medien zur Kenntnis.

Der religiöse Irrsinn ist bedauerlicherweise fester Bestandteil der Gegenwart. Dass Könige und Kaiser mit der Kirche kooperierten, um sich als religiöse Opportunisten gewaltsam mit ihren Interessen durchzusetzen, war in der Geschichte der Kirche viel zu häufig der Fall. Exemplarisch sei an die systematische Ausrottung der Katharer erinnert, oder – nachdem der Mohr seine Schuldigkeit getan hatte – an die gewaltsame Zerschlagung des Templerordens mit dem Raub aller Güter und unrühmlichen Blutbädern. Der Irrsinn der Inquisition setzte die Kirchengeschichte nahtlos, aber in sich konsequent fort. Fortschritt wurde unterdrückt, Frauen waren – und sind aus Sicht der Amtskirche noch heute – reine Gebärmaschinen und Arbeitstiere. Der Sklavenhandel und die Sklavenhaltung wurden von der Kirche sehr geschätzt. Ein Land nach dem anderen, und ganze Kontinente wie Afrika und Australien sowie Amerika fielen den aggressiven, durchgeknallten, gierigen, unbarmherzigen und Macht geilen Eroberern zum Opfer. Und die einzige Reue, die bis heute zu erkennen ist, ist, dass die Amtskirche in der heutigen Zeit ihre frühere Bedeutung und Führungsrolle eingebüßt hat und den »guten« alten Zeiten nachtrauert.

Ich glaube, dass Gott – wer oder was das auch immer sein mag – wohl akuten Brechdurchfall kriegt, wenn er/sie/es mit all diesem Geschehen in Verbindung gebracht wird, was alles angeblich in seinem/ihrem Namen passiert ist, ist nachvollziehbar und plausibel.

Freier Wille – nur ein frommer Wunsch?

Wobei sich mir ja, um an das vorhergehende Kapitel anzuknüpfen, schon die Frage stellt, wer Opfer und wer Täter ist. Die Frage ist ja, hat der Mensch überhaupt einen freien Willen? Wenn ja, dann ist er selber Schuld am heutigen Zustand der globalen Irrenanstalt mit rasch voran schreitender und unaufhaltsamer Zerstörung seiner Lebensgrundlage und Ausbeutung aller Ressourcen der ihn ernährenden Erde.

Wenn der Mensch aber keinen freien Willen hat, dann liegt die Verantwortung allein beim Schöpfer. Der sollte sich dann ganz still verhalten, und erst recht nicht mit dem erhobenen moralischen Zeigefinger kommen. Und aktuell liegt die Datenlage eher so, dass der Mensch keinen freien Willen hat! Das zeigen so gut wie alle seriös durchgeführten wissenschaftlichen Studien. Und die »heiligen« Bücher der Religionen belegen diese Aussage ebenfalls mit massenweise Texten, obwohl das von den Meinungsmachern der Religionen immer heftig geleugnet wird. Steht aber überall schwarz auf weiß drin, und das seit vielen Jahrhunderten. Hier hinkt die Wissenschaft der Religion mal ordentlich hinterher.

Hat das für Sie und mich im Alltag überhaupt irgendeine Bedeutung, ob wir einen freien Willen haben oder nicht? Aber hallo, na klar! Wenn ich keinen freien Willen habe, dann kann ich gar nicht anders handeln, als ich handle. Somit ist es auch Quatsch und geradezu unverschämt, mir den Status eines Sünders und schlechten Menschen, der gegenüber der Kirche zu kriechen hat, zuzuweisen. Und, das ist die logische Konsequenz, die Kirche und die von ihr vertretene Religion, verliert jede Macht über mich und kann mich nicht mehr manipulieren. Das ist doch mal eine positive Nachricht für uns Insassen der globalen Irrenanstalt. Aber, damit wir schön brav funktionieren, und uns manipulieren lassen, wird genau diese Version der Fakten von den Kirchen und Vertretern der meisten Religionen geleugnet. Die hängen an ihrer Macht zur Befriedigung ihrer Narziss wie Nasa Superkleber.

Interessant ist, dass in der auf Aramäisch übermittelten und somit originalen Botschaft von Jesus genau dieser Gedanke von dieser Art von Freiheit im Mittelpunkt stand. Die Kernbotschaft war, dass wir wissen dürfen, egal wer Du bist, wo Du lebst, aus welchem Kulturkreis Du kommst, welche Hautfarbe Du hast, Du bist vom Schöpfer bedingungslos geliebt, und so wie Du bist auch gewollt!

Und die weitere Kernbotschaft war, dass Du persönlich in Deinem Herzen davon überzeugt sein darfst, dass Du im vollen Bewusstsein leben darfst, dass Du eins mit Gott bist und mit allem, was ist. Das sollte Dir als solide und verlässliche Grundlage Deines menschlichen Lebens dienen, und Dich befähigen, aus diesem Bewusstsein heraus im Alltag zu handeln. Dieses innere Wissen im Alltag anzuwenden, und sich vom Prozess des Lebens in jeder Situation und Lebenslage sicher und getragen zu wissen.

Kein Wunder, dass dieser Jesus mit solch revolutionären Ansichten den religiösen und weltlichen Herrschern schon immer ein Dorn im Auge war. Und dafür würde er, wenn er sich nochmals in diese Irrenanstalt trauen würde, wieder ermordet werden, wahrscheinlich von seinen angeblichen frommen Anhängern, also von seinem eigenen Fanclub.

Und allen nicht- Christen sei zum Trost gesagt: in den anderen Religionen sieht es auch nicht besser aus.

Etikettenschwindel Justiz

Ein System, in dem nicht drin ist, was drauf steht

Ja, wie haben sich denn meine besonderen Freunde von der Justiz während der Geschichte der Menschheit verhalten? Haben die sich für die Durchsetzung von Gerechtigkeit – das ist die eigentliche Bedeutung des lateinischen Wortes Justitia – eingesetzt? Kurze und knappe Antwort: nein!Bis auf einige wenige Ausnahmen haben sich die Juristen fast immer auf die Seite der jeweiligen Machthaber und der Kapitaleigner geschlagen. Und diese Prostitution der Justiz gegenüber dem Kapital hält bis heute an. Wussten Sie eigentlich schon, dass sich Juristen selbst gar nicht dafür zuständig fühlen, Gerechtigkeit herbeizuführen? Nein? Zugegeben, es ist ja auch unfassbar. Aber die Juristen sagen selbst (!) über ihre Funktion in der Gesellschaft, dass es ihre Aufgabe sei, den bestehenden Gesetzen Genüge zu leisten!! Ja, und wie kommen diese Gesetze zustande? Fallen die einfach in ihrer unverständlichen Sprache und Komplexität vom Himmel? Nein, natürlich nicht, die werden von Menschen gemacht. Und jeder unabhängige Psychiater oder Psychologe wird ihnen bestätigen, dass diese Gesetzesproduzenten dringend unter dem Verdacht stehen, geisteskrank, zumindest aber psychisch und/oder mental auffällig zu sein. Kennen Sie den Spruch: »garbage in, garbage out«? Müll rein, Müll raus? In der Gesetzgebung haben wir eine bemerkenswerte Bestätigung für diese Gesetzmäßigkeit.

Punkt 1: Gesetzesvorschläge werden in einem erschreckend hohen prozentualem Anteil von charakterlosen und inkompetenten, aber gegenüber ihren Auftraggebern loyalen Lobbyisten beim Gesetzgeber eingereicht. Hervorragende Beispiele liefern die Pharmaindustrie, die Rüstungsindustrie oder auch die Kernkraftindustrie.

Punkt 2: die Juristen, die auf Seiten des Gesetzgebers diese eingereichten Vorschläge zu »prüfen« haben, stehen quasi vor einer für sie unlösbaren Aufgabe. Sie haben als gelernte Juristen keinen blassen Schimmer bezüglich der Inhalte – bitte bedenken Sie, dass Juristen im Prinzip nur »akademische Hilfsarbeiter« sind. Sie sind also in allen relevanten Fachgebieten ungelernt und bezüglich der Sachlage inkompetent, zu allem fähig und befugt, aber in der Realität, im wirklichen Leben, zu nichts zu gebrauchen. Sie können diese Inhalte, über die sie »Recht« sprechen, also weder sachlich noch fachlich beurteilen. Das ist sowohl von den Lobbyisten als auch von den Parteizentralen genau so gewünscht. Also, was tun sie dann, unsere lieben Juristen? Richtig, einfache Sachverhalte so verklausulieren, dass kein Mensch mehr versteht, was da in diesen Gesetzen geschrieben steht und um was es sich dabei eigentlich handelt. Das ist aus psychiatrischer Sicht ein hoch pathologischer Befund, eine absolut Therapie resistente Sprachstörung bei völlig fehlender intrinsischer Motivation für eine Heilung. Zu Deutsch, nur wenn ein Nicht-Jurist den Kauderwelsch auch sicher nicht versteht, merkt keiner, dass der Inhalt nur heiße Luft oder mentale Flatulenz ist, und nur dazu dient, den Kreislauf des Irrsinns auf diesem Planeten zu beschleunigen. Davon zeugen zigtausende völlig sinnlose

juristische Auseinandersetzungen, die nur dem Berufs-
stand der Juristen als Existenzgrundlage dienen, und bezüglich der Volkswirtschaft nichts anderes als eine riesige
Ressourcen- Vernichtungs-Maschinerie darstellen.

Punkt 3: sollte ein popliger Bürger wie Sie oder ich
es doch mal wagen, seine gesetzlich verbrieften Rechte
wahrnehmen zu wollen, dann fällt den Juristen die edle
Aufgabe zu, den aufbegehrenden Bürger hinzuhalten,
völlig legal zu zermürben, finanziell ausbluten zu lassen,
und ihn so zur Aufgabe seines Anliegens zu zwingen.
Mögen allen Juristen, die sich an dieser Paragraphen-
prostitution beteiligen, Eiterbeulen am ganzen Körper
entstehen, am Besten in Verbindung mit tierisch stark
ausgeprägtem und nicht therapierbarem Juckreiz am
ganzen Körper. Ich glaube, viele unserer Juristen wären dann dauerhaft im Krankenstand, und müssten uns
harmlose Bürger dann in Ruhe lassen.

Meiner Meinung nach gibt es nur folgende Therapie-
möglichkeit für diese Art des Irrsinns:

Jura sollte nur noch als Aufbaustudium angeboten werden, nachdem zuvor ein richtiger und für die Allgemeinheit relevanter Beruf gelernt wurde.

Bei Auseinandersetzungen mit Behörden hat der Bürger primär immer recht! Die Behörde – oder auch der
Konzern – muss das Gegenteil beweisen (dieses Prinzip
nennt sich Beweislastumkehr). Damit wären die bis dato
bestehenden Nachteile für den Bürger durch das Un-
gleichgewicht der Kräfte ausgeglichen und es bestünden
faire Ausgangsbedingungen für den Bürger, sein Anlie-
gen zu einem korrekten Ende zu bringen.

Geld gibt es für den Rechtsanwalt nur für Erfolg! Damit fallen dann in Deutschland vermutlich schon mal 90% der Prozesse weg, wo der kontaktierte Anwalt ja immer zum Klagen rät, weil er sein Geld zuverlässig in Abhängigkeit vom Streitwert und unabhängig vom Ergebnis bekommt. Ganz nebenbei: wussten Sie eigentlich, dass sich die Anzahl der Rechtsanwälte in den letzten 10 Jahren um 50% erhöht hat? Dann wissen Sie auch, warum die deutschen Gerichte in einer Flut sinnloser Klagen ersticken und keine Zeit mehr für das wirklich Wesentliche haben.

Alle Schriftstücke müssen in normal verständlichem Deutsch abgefasst sein. Versteht`s der Bürger nicht, ist immer die Behörde schuld. Am Besten in Verbindung mit einer Abmahnung für den Schreiberling, und bei drei Abmahnungen gibt`s die fristlose Kündigung.

Darf ich zwei aktuelle groteske Beispiele aus dem juristischen Alltag berichten? Hier kann der Bürger sich nur mit dem Zeigefinger an die Stirn tippen und sich dem Gefühl einer ohnmächtigen Wut gegenüber unserem angeblichen Rechtsstaat und seinen glitschigen Greifarmen, genannt Behörden, hingeben. Womit auch hinreichend geklärt ist, dass der Wutbürger ein Abfallprodukt des juristischen Wahnsinns in unserem Land ist (in anderen Ländern ist es auch nicht besser).

Beispiel 1: Ihr Hausarzt hat Sie krank geschrieben, vielleicht weil Ihre Firma im Rahmen der chronischen Ausbeutung Ihrer Arbeitskraft Ihr Nervenkostüm und Ihre Gesundheit ruiniert hat, auf Neu-Deutsch: Sie haben ein

»burn- out- Syndrom«. An Ihrem Arbeitsplatz gelten Sie damit als unnützes Weichei. Und während Ärzte und Psychotherapeuten versuchen, Sie wieder auf Vordermann zu bringen, läuft klammheimlich hinter Ihrem Rücken ein bürokratisches Monster an, mit dem Ziel, Kosten zu sparen, welche Sie jetzt ja verursachen. So meldet jetzt Ihr Ausbeuter (Arbeitgeber) bei Ihrer Krankenkasse ganz große Zweifel an Ihrer Arbeitsunfähigkeit an. Dürfen die das, fragen Sie ganz entsetzt? Aber natürlich dürfen die das in diesem sogenannten Rechtsstaat (Sie wissen ja, das Recht folgt immer dem Kapital) , wo der Irrsinn regiert, und an den Entscheidungspositionen nur Gewalt ausgeübt wird (das Wort Verwaltung geht auf das altgermanische Wort Gewalt zurück. Schon interessant, welch militantes Vokabular der Staat für den Umgang mit seinen Untertanen gebraucht). Also, der für Sie zuständige Sachbearbeiter greift dankbar den Arbeitgeber- Zweifel auf, er hat sich ja selbst wieder überaus harten Sparvorgaben seiner Vorgesetzten zu beugen – sprich ihm sind von seinem Abteilungsleiter Ablehnungsquoten vorgegeben – und beauftragt gemäß Vorgabe des Gesetzgebers den medizinischen Dienst der Krankenversicherung mit der Prüfung der Richtigkeit der Arbeitsunfähigkeit. **Und jetzt wird das Ganze kurios.**

Der Gutachter des MDK schaut Sie als Patienten überhaupt nicht persönlich an. Die Krankenkasse legt dem Gutachter an einem normalen Arbeitstag 120 (!) solche Aufträge zur Begutachtung vor. Die sehr dürftige Beurteilungsgrundlage für das Gutachten und die Entscheidungsgründe sind ein paar Stichworte auf einem Vordruck, den Ihr Hausarzt – natürlich kostenlos und in seiner Freizeit – inzwischen für die Krankenkasse zur Vorlage beim MDK zwangsweise ausfüllen musste. Und ei schau kuck, wer hätte das gedacht, auf dem Papier sind Sie plötzlich wieder gesund und arbeitsfähig, ohne dass Sie das mitbekommen haben. Nebenbei bemerkt, Ihr Hausarzt darf Ihnen nur dann eine Arbeitsunfähigkeit bescheinigen oder eine Folge- Arbeitsunfähigkeit ausstellen, wenn er Sie vorher **persönlich** untersucht hat, andernfalls droht im der Entzug seiner ärztlichen Zulassung! Und wie könnte es im Land des Irrsinns anders sein: wenn zwei das Gleiche tun, ist es nicht das Gleiche. Der MDK- Gutachter darf – zwar entgegen der ärztlichen Berufsordnung, aber mit Duldung der Justiz – ohne Sie persönlich untersucht zu haben, Sie wieder für arbeitsfähig erklären. Vor nachteiligen Folgen seiner Begutachtung ist er durch den Gesetzgeber geschützt, Pech für Sie. Zu einer persönlichen Untersuchung durch den MDK kommt es nur dann, wenn Sie die Dreistigkeit besitzen, von Ihrem Widerspruchs- Recht Gebrauch zu machen und gegen das MDK- Gutachten und die Entscheidungsgründe Widerspruch einlegen. Unfassbar, der eine Arzt wäre für diesen Vorgang seine Approbation los, der andere darf das ganz legal machen. Die Arschkarte hat der betroffene erkrankte Patient.

Beispiel 2: Sie haben das Pech Insolvenz bzw. Konkurs anmelden zu müssen. Im Gegensatz zu Banken, die das Geld ihrer Kunden an der Börse grob fahrlässig verzockt haben und für diese tolle Leistung noch Millionen schwere Boni kassieren, interessiert sich aber für ihre Rettung und ihr Wohlergehen kein Schwein. Für Sie wird kein Rettungsschirm der EU aufgestellt und kein Finanzhebel verbessert auf magische Weise Ihre finanzielle Situation. Sie müssen selbst zusehen, wie Sie damit zurechtkommen, und können schauen, wo Sie bleiben. Zu deutsch: Sie sind nicht systemrelevant!

Ein winziger Teilaspekt der ganzen Geschichte ist zum Beispiel die Frage, wenn Sie verheiratet sind, ob Sie gegenüber Ihrer Ehefrau zu Unterhalt verpflichtet sind. Davon hängt dann wiederum die Höhe Ihres von Pfändung freien Einkommens ab. Und jetzt wird die Geschichte wieder kurios. Eigentlich würde man in einem vermeintlichen Rechtsstaat doch erwarten, dass es hier eine klar dokumentierte Zahlenvorgabe gibt: bei Verdienst der Ehefrau bis Summe XY besteht Unterhaltspflicht, bei Verdienst über der Summe XY besteht keine Unterhaltspflicht. Tja, diese Zahl existiert nicht! Es existiert nur ein Zahlenraum zwischen Null und Daumen mal Pi 1.000 Euro Monatseinkommen. Wenn Ihre Frau also mehr als tausend Euro pro Monat verdient (der genaue Wert hängt immer vom aktuellen Sozialhilfesatz ab, und wird dann alle heiligen Zeiten in der Insolvenzordung nachgebessert), sind Sie gegenüber Ihrer Gattin grundsätzlich nicht mehr zu Unterhalt verpflichtet. Bei einem geringeren Verdienst, also zwischen mehr als Null und weniger als tausend Euro monatlich, liegt Ihr Schicksal in der Hand des zuständigen Gerichts. Will sagen, jeder Richter in Deutschland kann völlig willkürlich und ohne seine Entscheidung begründen zu müssen, eine beliebige Summe aus diesem Zahlenraum festlegen. Und es gibt Gerichte in Deutschland, die akzeptieren die volle Summe, und es gibt Gerichte in Deutschland, bei welchen die Grenze tatsächlich bei Null Euro festgelegt wird. Und alles dazwischen existiert auch. Und Sie erfahren erst im Nachhinein, welche Zahl das für Sie zuständige Gericht festlegt. Auskünfte werden grundsätzlich verweigert. Ein Vergleich über diese Ungeheuerlichkeit aus unserem Alltag: stellen Sie sich vor, jede Stadt in Deutschland darf die Geschwindigkeit innerorts zwischen zehn und hundert Stundenkilometer festlegen, stellt aber keine Schilder auf, und verrät auch niemandem, der die Stadt besucht, welche zulässige Höchstgeschwindigkeit denn von den Stadtvätern festgelegt wurde. Sie als Besucher kriegen es erst mit, wenn ein Strafzettel kommt. Oder auch nicht. Ungeheuerlich. Aber ganz legal. Das nennt sich dann Rechtsstaat. Das kommt davon, wenn man Irre ans Ruder lässt.

Irre Politik – irre Politiker

Jetzt wollen wir uns doch noch einmal dem Stichwort Politik widmen. Politik und Irrsinn sind gewissermaßen die zwei Seiten von ein und der selben Medaille. Oder anders ausgedrückt, praktizierte Politik auf diesem Planeten ist offen gelebter Irrsinn. In den politischen Gremien befinden sich jede Menge Irre auf Freigang.

Welche Qualifikation braucht eigentlich ein Politiker? Fachliche Qualifikation ist überhaupt nicht notwendig, eher sogar unerwünscht. Je weniger Ahnung vom Fachlichen, desto steiler die Karriere. Doktortitel? Heutzutage eher ein Stolperstein auf dem Weg nach oben. Charakter? Ja sind Sie noch zu retten? Stellen Sie sich mal einen Politiker mit Charakter vor, der wäre auf der politischen Bühne doch völlig fehl am Platz. Aber vielleicht Ideale? Nein, ganz sicher nicht, auch die stehen auf dem Weg nach oben eher als Hindernis im Weg.

Also, wenn wir das Ganze mal anders herum definieren: um als Politiker Karriere zu machen und groß raus zu kommen, sollten Sie dumm wie Brot sein, moralisch und sozial weitgehend versaut, und ohne jede Ethik. Sie sollten gut lügen können, ohne dabei rot zu werden und dabei zu stottern. Sie sollten – ohne irgendeinen Anlass dazu zu haben – von sich selbst völlig überzeugt sein, und Sie müssen in der Lage sein, eventuelle Erfolge Anderer als Ihre eigenen auszugeben und umgekehrt Ihre zahlreichen Misserfolge den Anderen in die Schuhe zu schieben. Ach ja, die tatsächlichen Bedürfnisse des Volkes müssen Ihnen scheißegal sein, durch entsprechende Lügen im Wahlkampf müssen Sie sich lediglich Ihre Wiederwahl sichern.

Es folgen einige Vorschläge für geeignete Schlagworte: Steuern senken, Löhne erhöhen, Renten sichern, hohe Bildung für alle, Aufschwung und Konjunktur fördern, Gesundheit fördern und Arbeitsplätze schaffen. Das hat sich in den letzten Jahren immer wieder bewährt. Dass es jedes mal die gleichen Lügen der gleichen Pappnasen sind, interessiert doch keinen. Merken Sie sich den wichtigen Satz für Ihre politische Karriere: »was interessiert mich mein Geschwätz von gestern«. Lügen Sie, dass sich die Balken biegen, es ist nach wie vor straffrei. Und es hat sich doch schon immer bewährt, dass das dumme Volk die Zeche bezahlt.

Jetzt mal ganz im Ernst, ich würde mich ja gerne mit unseren Politikern intellektuell prügeln, aber die sind da ja völlig unbewaffnet. Und diese Art der Geisteskrankheit – Morbus politicus – ist bis heute völlig unheilbar. Der anhaltende Irrsinn in der Politik ist bis dato völlig Therapie resistent. Und wer zu Beginn seiner politischen Karriere vielleicht noch charakterlich intakt ist, kann es gar nicht vermeiden, dass er im Lauf seines Aufstiegs unaufhaltsam korrumpiert wird und sich im Benehmen der politischen Elite anpasst. Diese Art Wahnsinn ist sehr virulent. Will sagen, die Ansteckungsquote liegt bei 100%.

Irre im Gesundheitswahn

Vorschriften, Verfahrensanweisungen, Richtlinien und Leitlinien begleiten uns mittlerweile permanent. Ob in dem Betrieb, für den wir arbeiten, oder im Bereich Wissenschaft und Gesundheit, Freizeit und Reisen, Spiel und Sport.

Nehmen wir doch als Beispiel den allgemeinen Fitness- und Schlankheits-Wahn. Die beknackten Medien (Film, Funk, Fernsehen, Illustrierte etc.) präsentieren uns als Vorbild und anzustrebenden Idealzustand jämmerliche Kreaturen mit angeblichen Traumkörpern. Haben Sie sich schon einmal gefragt, wie viele Menschen überhaupt diesem bescheuerten Idealbild entsprechen? Raten Sie mal! Exakt 2% der gesamten Normalbevölkerung. Also, hier die gute Nachricht für Sie: Sie sind völlig normal! Folgen Sie im Alltag also bezüglich Ernährung und Sport Ihrem eigenen gesunden Menschenverstand und Ihrem Bauchgefühl, also Ihrer Intuition, und pfeifen Sie auf die Ratschläge aller selbst ernannten Experten. Die haben in der Regel entweder keinen blassen Schimmer, worüber sie eigentlich reden, oder predigen ein sektiererisches Gesundheitsverhalten, welches nur als krank in der Birne eingestuft werden kann, und um welches Sie im eigenen Interesse einen großen Bogen machen sollten.

Ist Ihnen schon einmal aufgefallen, wie viele Veröffentlichungen es in jedem Buch- und Zeitschriften-Laden zum Thema Ernährung, Fitness und Gesundheit gibt? Ach, Entschuldigung, das heißt ja heutzutage Wellness und Wellbeing. Und jede poplige Sauna in einem Hotel oder ein Plantschbecken nennen sich heute ja Spa-Bereich. Ein gemischter Salat mit Putenbrust-Streifen ist jetzt ein Fitnessteller.

Allein die Existenz von tausenden von sich widersprechenden Ratgebern beweist doch ganz klar, dass es die allgemein gültige Wahrheit, wie immer, nicht gibt. Jeder Mensch muss für sich selbst entdecken, was ihr/ihm wohl tut, und was eher schadet. Wenn Sie nicht Ihr eigener Experte werden, na dann gute Nacht.

Vom Gesundheits-, Fitness- und Schönheitswahn der Bevölkerung leben ganze Industriezweige. Nachdem zuvor das Bedürfnis nach definierten Produkten künstlich durch Werbung geweckt wurde. In Verbindung mit dem zufälligen Vertrieb eben dieser Produkte, für welche die Nachfrage künstlich hervorgerufen wurde. Und trotz Abwesenheit dieser Produkte hat die Menschheit bereits viele Generationen relativ gut und gesund überlebt.

Dieser Irrsinn ist hoch ansteckend und führt zum gleichen Ergebnis wie Rinderwahnsinn. Sie als potentieller Käufer werden gelockt mit der Aussicht auf positive Gefühle, die angeblich frei gesetzt werden durch den Erwerb dieses Produkts, und greifen dafür tief in die Tasche, um mit Geld, das Sie vielleicht gar nicht haben, Dinge zu kaufen, die Sie nicht brauchen und wollen, um Veränderungen Ihres Körpers zu erzielen, die sie eigentlich gar nicht interessieren. Eigentlich, im Grunde Ihres Herzens, wollen Sie doch nur geliebt und akzeptiert werden, so wie Sie sind. Willkommen im Club der Irren und Fremdgesteuerten, willkommen in einer Welt, in der Sie nach fremden Vorgaben leben und fremden Herren dienen, die sich für Ihr Wohl überhaupt nicht interessieren. Und willkommen zu einem Lebensstil, der Sie vielleicht sogar eher unglücklich macht, Ihnen aber sicher nicht die erhofften Glücksgefühle vermittelt.

Irre Glückssucher

Und für Menschen, die mit ihrem Lebensstil nicht glücklich genug sind, gibt es ja heute eine komplette Glücksindustrie, um diesen Zustand zu ändern. Nicht glücklich zu sein, gilt heutzutage ja schon als Krankheit, die mit Stumpf und Stil ausgerottet werden muss. Auch hier eilt wieder ein Heer von selbst ernannten Experten zu Hilfe, um die öffentlich konsentierte und akzeptierte Norm von Glück beim Einzelnen umzusetzen. Und damit die gesellschaftlich vorgegebenen Glücksgefühle zu erreichen.

Angefangen mit der Pharmaindustrie, die jährlich viele Milliarden Dollar verdient mit »Glückspillen«, offiziell Antidepressiva genannt, im Jargon »happy pills«. Deren Wirksamkeit ist sehr umstritten, unumstritten sind die möglichen Risiken und Nebenwirkungen. So äußert sich beispielsweise das von der Pharmaindustrie unabhängige Arznei- Telegramm.

Fortgesetzt mit »Glückstrainern«, die den Unglücklichen auf ihren nicht ganz preiswerten Seminaren beibringen wollen, ihr Glückserleben zu verbessern.

Bis hin zu einer wahren Schwemme mit Ratgebern zum Erlangen eines aus Sicht der selbst ernannten Fachleute akzeptablen Glücksgefühls. Dieses Ziel erreicht der einfache Bürger natürlich nur durch konsequente Anwendung der jeweils propagierten Methode oder Technik.

Apropos, welche Qualifikation braucht man eigentlich, um Glückstrainer zu werden? Das wissen Sie auch nicht? Jetzt bin ich aber beruhigt. Aber wie sagt schon der Nicht- Experten Volksmund? Jeder ist seines Glückes Schmid.

Allerdings, manche Umstände, die unser Glücksempfinden beeinflussen, liegen gar nicht in unserer Hand. Für ein langes, gesundes und glückliches Leben ist nicht so sehr von Vorteil wie die Gunst der Götter und die mitgelieferten Gene. Alles Dinge, die wir nicht beeinflussen können. Also, falls Sie nicht so glücklich sind, wie Sie nach Meinung der Experten sein sollten, lassen Sie nicht den Kopf hängen. Es liegt nicht an Ihnen, auch wenn Ihnen das von tausend Seiten so suggeriert wird. Befreien Sie sich von diesen Vorgaben und hören Sie nicht auf diesen veröffentlichten Unsinn. Sie wissen doch, Papier ist geduldig. Und über den Umgang mit einer ganz speziellen Spaß befreiten Zone beschäftigen wir uns im nächsten Kapitel.

Glücksbremse Behörden – genormter Irrsinn

Ein von Ihnen, liebe Leserin, lieber Leser, nicht zu beeinflussender Faktor als massives Hindernis auf dem Weg zu erlebtem Glück, sind unsere viel zu zahlreichen Behörden. Aus meiner Sicht eine Geißel Gottes, schlimmer als die Pest. Oder auch Vorboten der Hölle, sozusagen alltäglich erlebtes Fegefeuer. Liebe Leserin, lieber Leser, gaaaanz wichtig!!! Trauen Sie niemals einer Behörde oder deren Mitarbeitern!! Niemals!! Es gibt nicht den geringsten Anlass für Vertrauen! Sie dürfen, beunruhigender Weise, davon ausgehen, dass die Mitarbeiter der Behörden äußerst selten Ihr Wohl als armer Staatsbürger im Auge haben. Vielmehr dürfen Sie getrost davon ausgehen, dass die Behörden – im Regelfall – den letzten Cent aus Ihrer Tasche ziehen wollen. Um zum Beispiel Not leidenden Banken ihre Boni für die phantastische geleistete Arbeit (nochmals vielen Dank dafür) zum Wohl der Allgemeinheit auszahlen zu können. Und um ganz nebenbei die totale Kontrolle über Sie auszuüben. Sie wissen doch, jeder von uns ist potentiell Terror verdächtig, insbesondere wenn Sie widerspenstig sind und unangenehme Fragen stellen. Dies bedingt die Notwendigkeit zur Kontrolle und kompletten Überwachung samt Datenvorratsspeicherung bezüglich Ihres Geldverkehrs, Ihres Internet- und Mailverhaltens, Ihrer Telefonate und und und. Vermutlich wird auch die Anzahl Ihrer Toilettengänge und wie häufig Sie Geschlechtsverkehr haben, aufgezeichnet. Und dann vom Amt für das Lügen mit Zahlen, Sie wissen schon, das Bundesamt für Statistik in Wiesbaden, passend für die Sichtweise der Politik und der Konzerne veröffentlicht. Damit Sie als Nicht- Experte in allen Lebensfragen gut beraten sind, was denn in Deutschland als Normalität gilt. Mit der, nicht direkt angesprochenen, aber zwischen den Zeilen deutlich spürbaren Aufforderung, sich dann auch brav Normkonform zu verhalten und auch anständig in der Linie zu bleiben. Der Einzelne zählt nichts, die Gemeinschaft im gelebten und erlebten Alltag eher auch nicht. Nur die Nützlichkeit des Einzelnen im Sinne seiner Kapitalisierbarkeit zählt. Für diese systematische Ausbeutung gibt es sogar eine eigene Wissenschafts-Sparte: »human ressources research«. Die Wissenschaft ist – leider – bekanntlich eine Hure und tut für Geld alles. Egal wie unmoralisch das Ergebnis und das Forschungsziel ist . Das Motto des Staats und seiner Tentakeln, also der Behörden, ist: antreiben, mit Paragraphen drohen, und ausbeuten bis zum Renteneintrittsalter, danach möglichst zügig sozial verträgliches Ableben. Im statistischen Mittel geht die Rechnung übrigens auf. Ein Drittel der Deutschen kratzt rechtzeitig vor der Rente ab. Übrigens, und damit zwischendurch auch mal eine gute Nachricht, es gibt weder eine drohende Überalterung der Bevölkerung noch eine Kostenexplosion im Gesundheitswesen. Alles nur statistische Tricks mit Zahlenspielen. Ein Gebrauchtwagenhändler käme dafür in den Knast, ein Statistiker wird dafür befördert. Aber Hauptsache, der dumme Bürger kann im Zustand der Angst gehalten werden, um weiterhin leicht manipulierbar zu sein. Und es gibt viele Belege dafür, dass Zahlenspiele die unbedarfte Mehrheit der Ahnungslosen zutiefst beeindrucken und beeinflussen.

Und erschreckend ist die unbestrittene Tatsache, dass Angststörungen und Depressionen rapide zunehmen. Aber wie schon zuvor erwähnt, dies scheint »von oben« so gewünscht zu sein im Sinne einer Erlös-Optimierungs- und Gewinn- Maximierungsstrategie.

Ich habe diese Strategie der Profit-Maximierung übrigens noch nie verstanden. Geld an sich ist primär ja zu gar nichts nütze, sondern nur ein Mittel zum Zweck, solange sich alle Beteiligten eines gemeinsamen Marktes an die Spielregeln dieses Geldmarktes halten. Geld ist sozusagen nur ein Surrogat-Parameter (klingt toll, nicht? Dieses Wort sollten Sie sich merken, da können Sie in jeder Runde damit punkten), also steht es nur stellvertretend für die eigentlichen Möglichkeiten bezüglich des Erwerbs realer Produkte, die sich aus dem Besitz von Geld indirekt ergeben. Geld an sich vermittelt keine Lust, nur das, was Sie damit anstellen können. Allerdings werden durch die Fokussierung unserer Sinne auf Geld die vielen Geld unabhängigen Möglichkeiten für lustvolle Erfahrungen in das Reich der Vergessenheit abgedrängt. Aber auch das geschieht mit Absicht, zumindest solange in wesentlichen Bereichen der Gesellschaft die Irren das Sagen haben. Und eine Trendwende hin zur Vernunft kann ich bislang nicht erkennen. Also nochmal für diejenigen unter Ihnen, die noch nicht vom allgemeinen Irrsinn erfasst sind: konzentrieren Sie sich auf die Dinge im Leben, die Spaß machen und ohne Geldfluss verfügbar sind. Zum Beispiel Sex (sollte zumindest im Normalfall für Sie nichts kosten), gutes und gesundes Essen, Bewegung, Spielaktivitäten, Erfüllung im Beruf (Beruf als Berufung). Also alles, was Ihnen gefällt und

Ihnen gut tut. Verweigern Sie alles, was sich für Sie nicht stimmig, gut und förderlich anfühlt. Vertrauen Sie hier ruhig auf ihr Gefühl, auf Ihre Intuition. Ihr Verstand ist ein guter und nützlicher Diener, aber ein schlechter Herr. Weisen Sie Ihrem Verstand also den ihm gebührenden Platz in der zweiten Reihe zu. Seien Sie misstrauisch gegenüber allen über die Medien verbreiteten Botschaften, die Ihnen Angst machen wollen, um damit Ihr Verhalten in eine gewünschte Richtung zu manipulieren, und lassen Sie sich von Behörden nicht einschüchtern (auf das Thema Behörden stoßen Sie in diesem Buch immer wieder. Versprochen!). Informieren Sie sich gründlich über Ihre Rechte und setzen Sie berechtigte Ansprüche durch. Der Staat gehört dem Volk und nicht umgekehrt. Sie und ich, wir sind das Volk! Es geht um Ihre und meine verbrieften Rechte!

Irre Wissenschaft

Jetzt muss ich ein paar zusätzliche Worte zum Thema Wissenschaft verlieren. Wie Sie in den voran gegangenen Ausführungen vielleicht zur Kenntnis genommen haben, befinde ich mich im Zustand einer »kritischen Würdigung« bezüglich der Wissenschaft. Wissenschaft ist leider viel zu häufig käuflich. Für genügend Geld finden Sie immer eine universitäre Fakultät, mit einem Titel beladenen Chef an der Spitze, welche die von Ihnen gewünschten Ergebnisse produziert. Sozusagen eine »wünsch Dir was Wissenschaft«. Natürlich gibt es auch, dem Herrn sei's gedankt, seriöse Wissenschaft. Die schafft es mit ihren Ergebnissen aber leider oft nicht bis in die »main-stream« Medien, weil sich deren Ergebnisse nicht vermarkten lassen. Oder eine Vermarktung aus Konkurrenzgründen nicht erwünscht ist. Zum Beispiel klassischerweise im Bereich der Erforschung alternativer Energien oder medizinisch anwendbarer, aber nicht patentierbarer, Naturstoffe. Im Rampenlicht stehen also meistens die Forschungsergebnisse, die entweder völlig unnütz für die Menschheit sind, oder welche gut zu vermarkten sind. Oft genug geht beides Hand in Hand einher. Ich muss zugeben, dass ich bezüglich Fortschritt und Technik eher ein Skeptiker bin. Ich konnte noch keine so richtig glaubhaften Belege dafür finden, dass die Technik unser Leben signifikant erleichtert und verbessert hat, oder uns gesünder oder glücklicher macht. Oder haben Sie wirklich das Gefühl, dass das papierlose Büro unseren Stress am Arbeitsplatz vermindert hat? Oder dass die ganzen technischen Hilfen zu Hause unser Familien- und Eheleben verbessert haben? Oder finden Sie es wirklich klasse und ein Zeichen für Fortschritt, wenn alte und schwerst kranke Menschen künstlich am Leben gehalten werden, und nicht mehr menschenwürdig sterben dürfen? Wo das »Highlight« des Tages ist, dass eine Altenpflegerin Sie von links nach rechts dreht, und Sie abwechselnd die Wand oder die Decke anstarren? Oder dass es ein Zugewinn an Lebensqualität ist, wenn Ihnen der Urin-Beutel gewechselt wird und die nächste Ration Sonden-Nahrung an Ihren Magenschlauch gehängt wird, weil Sie nicht mehr schlucken können und keine Willkür-Kontrolle mehr über Ihre Ausscheidungen haben?

Ich persönlich halte die Anzahl der für uns wirklich relevanten Fortschritte vorsichtig ausgedrückt für sehr überschaubar und begrenzt. Von wegen: »willkommen im Land der unbegrenzten Möglichkeiten«. Ihre Möglichkeiten, Ihr Leben selbstverantwortlich zu gestalten, sind sehr begrenzt. Die Geschichte mit dem vermeintlich freien Willen hatten wir ja bereits an anderer Stelle. Auch wenn die Erkenntnis schmerzt. In der Regel können wir nur auf Ereignisse reagieren, die wir selbst nicht hervor rufen und auch nicht beeinflussen können. Aber wir können nicht aus uns selbst heraus, also selbstbestimmt, agieren.

Interessant ist übrigens die Tatsache, dass es in manchen Kulturkreisen überhaupt kein Wort, keinen Ausdruck für den Begriff »freier Wille« gibt. Dort ist ein Konzept des freien Willens völlig unbekannt. Als Beispiel sei die Lehre des Advaita aus Indien genannt oder auch der chinesische Taoismus.

Lassen Sie sich also bitte nicht von Titeln und akademischen Graden beeindrucken. Die Akademiker wissen über das Leben und die Bewältigung des Alltags auch nicht mehr als irgendein nicht- akademischer Laie.

Also, seien Sie Ihr eigener Experte, denken und entscheiden Sie selbst, und lassen Sie nicht andere für sich denken. Tun Sie nur das, was sich für Sie stimmig und richtig anfühlt. Streben Sie nach mehr Selbstbestimmung, und reduzieren Sie in Ihrem Alltag schrittweise das Ausmaß der Fremdbestimmung.

Fortschritt: Segen oder Fluch?

Für uns heißt das, dass wir immer schneller in immer kürzeren Zeitabständen, auf den »technischen Fortschritt«, der sich ungefragt in unser Leben drängt, reagieren müssen. Aus diesen Veränderungen des Zeitgeistes ergeben sich für uns immer wieder Zwänge, die für unser Wohlbefinden und unser Glücksempfinden nicht unbedingt förderlich sind. Unsere Steinzeitgene besitzen schlicht und einfach keine passenden Programme für die heutigen modernen Lebens-, Arbeits- und Umweltbedingungen. Die vielen neuzeitlichen Veränderungen lassen uns ohne unser Zutun und ohne irgendeine Möglichkeit zur aktiven Einflussnahme immer noch steinzeitlich reagieren. Sinnbildlich fühlen wir uns also immer vom Säbelzahntiger bedroht, was ein nachvollziehbarer Grund für die zunehmende Häufung von Stress bedingten Erkrankungen und Erschöpfungssymptomen ist. Wir stehen permanent unter Hochspannung, unser Adrenalin-Spiegel ist ständig am Anschlag, und unsere steinzeitlichen Reaktionsmuster – also Flucht, Angriff und tot stellen – sind heutzutage nicht wirklich hilfreich. Wohin wollen Sie fliehen vor Ihrem Chef oder den Kollegen oder den zahlreichen Behörden, die Sie mit zig sinnlosen Formularen und Vorschriften terrorisieren? Einen Angriff starten als Amokläufer? Dies ist wohl keine akzeptable lösungsorientierte Strategie. Tot stellen, das Anwenden des Vogel- Strauß- Prinzips oder das Prinzip der drei Affen? Glauben Sie allen Ernstes, dass ein Engel vom Himmel herab spaziert und für Sie

Ihre Probleme löst, oder dass während der Nacht Heinzelmännchen kommen, die für Sie die Unannehmlichkeiten aus dem Weg räumen? Nein, da müssen Sie durch. Ganz nach dem Motto: »selbst ist der Mann (oder die Frau)«. Ob Sie Ihr Adrenalin durch Bewegung abbauen (dabei meine ich jetzt aber nicht, dass Sie Ihren Chef oder den Mitarbeiter der Sie trietzenden Behörde eine Ohrfeige verpassen; ich denke da eher an sozial und juristisch unbedenkliche sportliche Aktivitäten), oder ob Sie Entspannungstraining lernen, wie zum Beispiel autogenes Training oder Yoga, das bleibt letztendlich Ihnen überlassen. Die denkbar schlechteste Lösung ist Resignieren und Nichts tun.

Ebenso schädlich ist aber Hyperaktivität oder der in der Regel vergebliche Versuch, ständig das eigene Tempo und die eigene Arbeitsleistung zu steigern. Da ist garantiert der Zusammenbruch früher oder später vorprogrammiert.

Darf ich Ihnen einen bewährten Tipp aus eigenem Erleben geben? Ganz wichtig, völlig kostenlos, und auch noch legal: lernen Sie ganz dringend, und das hat wirklich oberste Priorität(!), **nein zu sagen.** Sagen Sie zunehmend häufig »**Nein**« am Arbeitsplatz, wenn Kolleginnen und Kollegen Aufgaben, auf die sie selbst keinen Bock haben, an Sie ab delegieren wollen. Sagen Sie »**Nein**« zu Ihren Vorgesetzten, wenn Überstunden regelmäßig anfallen und zur Norm werden. Sagen Sie auch »**Nein**« zu Behörden, wenn Sie mit deren Bescheiden nicht einverstanden sind. Machen Sie zunehmend häufig von Ihrem Recht auf Widerspruch Gebrauch. Scheuen Sie sich auch nicht davor, gegen Behörden vor

Gericht zu ziehen. Die Kosten für die erste Runde sind für den klagenden Bürger in der Regel sehr überschaubar (zum Beispiel beim Sozialgericht oder beim Finanzgericht). Also keine Hemmungen, klagen Sie, wenn Sie sich übervorteilt fühlen. Legen Sie auch alle Hemmungen ab, wenn es um Beschwerden gegen Mitarbeiter von Behörden geht. Wenn Sie unfreundlich oder sachlich nicht korrekt behandelt werden, legen Sie Beschwerde über die konkrete Mitarbeiterin/den konkreten Mitarbeiter bei ihrem/seinem verantwortlichen Vorgesetzten oder der für die Aufsicht zuständigen Behörde beziehungsweise dem zuständigen Ministerium ein. Sie nehmen als Bürger hier nur ein Grundrecht wahr! Sie sind kein Bittsteller! Die Mitarbeiter/innen der Behörden werden von Ihren Steuergeldern bezahlt. Ihnen als Bürger kann durch eine begründete Beschwerde niemals ein persönlicher Nachteil entstehen. Wie heißt es so schön in der Werbung der Bundesregierung: »Du bist Deutschland! Du bist der Staat!«. Also, legen Sie das Bewusstsein eines Bittstellers ab, und erheben Sie Ihr Haupt. Eigentlich müssten alle Ämter und Behörden wegen des Stresses, den ihre Aktivitäten beim bürgerlichen Opfer auslösen, mit allen nachteiligen Folgen für die Gesundheit und das Wohlbefinden des betroffenen Bürgers, gezwungen werden, ihre amtlichen Schreiben und Formulare mit einem Warnhinweis zu versehen, den wir aus Arzneimittel- Beipackzetteln und von den Aufdrucken auf Zigarettenpackungen kennen: »Achtung! Dieses Schreiben/dieser amtliche Vorgang kann möglicherweise bei Ihnen zu gravierenden Beeinträchtigungen Ihres seelischen Wohlbefindens, Ihrer körperlichen Unversehrtheit und

Ihres sozialen Gefüges sowie Ihrer finanziellen Verhältnisse führen. Zu Risiken und Nebenwirkungen lesen Sie die für den juristischen Laien beabsichtigt völlig unverständlichen originalen Gesetzestexte, kontaktieren einen Anwalt Ihres Vertrauens, und vergessen Sie nicht, einen Geistlichen und einen Psychiater hinzu zu ziehen!«Viel Glück. Wenn Sie es geschafft haben, im Kontakt mit den Ämtern und Behörden nicht durchzudrehen, lassen Sie uns alle wissen, wie Ihnen dieses Meisterstück gelungen ist. Vielleicht gibt es ja unter den Lesern vereinzelte Überlebenskünstler, berufsmäßige Optimisten oder kreative Köpfe, denen irgendetwas Brauchbares einfällt.

Eine Unsitte unserer modernen Zeit, und damit ein weiterer Ausdruck des globalen Irrsinns, ist die Tendenz sich selbst zusätzlichen Stress zu bereiten durch Anpassung an alles, was »in« ist. Zum Beispiel durch Überladung der Freizeit mit allen möglichen trendigen Aktivitäten, oder auch das absolut pathologische Bedürfnis, immer erreichbar, immer online zu sein. Die 24- Stunden- Erreichbarkeit über das Handy ist schon längst überholt durch die ständig neuen modernen Kommunikationsmittel, wie zum Beispiel Smartphone und Notebooks. Ja keine Mail verpassen (wenn diese auch zu 95% nur Informationsmüll darstellen), hunderte Kontakte über Facebook und Twitter aufrecht erhalten, damit auch jeder Unfug, den irgendjemand auf diesem Planeten gerade macht, festgehalten und der Öffentlichkeit zugänglich gemacht wird. Kennen Sie folgende Situation? Sie steigen morgens müde und noch etwas zerknautscht – was untertags zumindest gewisse Entfaltungsmöglichkeiten bietet – in die Straßenbahn ein und wollen nichts als Ihre Ruhe. Da setzt sich jemand auf den Platz vor Ihnen und dröhnt mit seinem Walkman, Verzeihung, ich meinte natürlich mp-3-player, nicht nur sich selbst die Ohren zu, sondern Ihnen gleich noch mit. Keine Fluchtmöglichkeit! Denn, das scheint ein bisher noch nicht veröffentlichtes Naturgesetz zu sein, die ganzen Typen mit ihren akustischen Terroranschlägen, verteilen sich gleichmäßig über den ganzen Straßenbahnzug. Zu allem Überfluss steigt dann an der nächsten Haltestelle eine circa 13-jährige ein, die mit ihrem Smartphone telefoniert: »Ja, hallo, ich bin gerade in die Straßenbahn eingestiegen. Bla, bla, bla...«. Mädchen, das interessiert keine Sau! Du nervst nur tierisch mit dem Müll, der zwischen Deinen Ohren abgelagert ist und den Du gerade über Deinen Mund entsorgst. Meine Ohren stehen Dir aber nicht als Müllhalde zur Verfügung!

Fortsetzung des konkreten Beispiels: endlich am Arbeitsplatz angekommen, die Adrenalin produzierenden Hormondrüsen schon ordentlich vor geglüht, schwallt Ihnen aus dem weisen Munde Ihres jugendlichen Kollegen entgegen: »Ach, ich habe heute Nacht so schlecht geschlafen. Ich bin ja so müde«. Sie halten sich an die ätzenden gesellschaftlichen Regeln der Höflichkeit , heucheln Interesse und fragen:»Ja, wieso denn?«. »Na, da kam um Mitternacht die SMS von meiner Freundin und dann musste ich natürlich zurück smsen und konnte danach nicht mehr einschlafen«. Oh Herr, lass Hirn vom Himmel regnen. Hallo, Du Trottel, sogar Dein Hightech-Smartphone hat noch einen Knopf zum Ausschalten. Den solltest Du vielleicht mal benutzen.

Das ist manchmal ganz hilfreich. Take-home-message: keiner von uns ist auch nur halb so wichtig, wie er/sie denkt. Ich muss nicht ständig erreichbar und online sein. Und – versprochen, ganz ehrlich – Sie versäumen rein gar nichts. Diese Stress-Bremse ist garantiert wirksam, kostet nichts und ist frei von Nebenwirkungen. Tun durch Nicht-Tun. Im chinesischen Taoismus Wuwei genannt, also Handeln durch Nicht-Handeln. Das bewährt sich auch ganz gut im Westen. Da sollten wir ruhig mal über den Tellerrand hinaus schauen gen Osten und ein kleines Stück östliche Weisheit in unseren westlichen Alltag mit hinein nehmen. Und nicht jeden Modetrend mitmachen. Das Ziel sollte für uns sein, ein immer mehr selbst bestimmtes Leben zu führen, kein fremd bestimmtes!

Freizeitgestaltung für Irre

Wer so gestresst ist, wie der deutsche Durchschnittsbürger, braucht natürlich auch einen Ausgleich als Gegenpol, um quasi die Mitte wieder zu erlangen. Vielleicht sind wir Deutschen ja auch deshalb Weltmeister im Reisen. Ja, ich bekenne mich schuldig, auch ich reise gerne. Tierisch gerne sogar. Möglichst in den Süden, nach Italien oder Spanien oder auch Frankreich. Hauptsache Wärme und Meer. Aber in den letzten Jahren beschleicht mich zunehmend der Verdacht, dass unsere, also auch meine, Reisesucht streng genommen nur ein Fluchtversuch ist. Sie erinnern sich? Sie begegnen – im modernen Leben natürlich nur symbolisch – dem Säbelzahntiger, zum Beispiel in Form eines Schreibens vom Finanzamt oder anderen Behörden. Und schon ist Ihr Körper Adrenalin geschwängert. Und Sie erinnern sich weiter, dass wir eigentlich nur drei Reaktionsmuster auf Stress Auslöser kennen: Angriff, tot stellen oder Flucht. Stichwort Flucht: Flucht vor dem allgegenwärtigen Feind, Flucht um Stress ab zu bauen. Und nachdem wir keine Möglichkeit haben, die täglichen Adrenalin Belastungen auf verträgliche Art zeitnah los zu werden, versuchen wir, diese Belastungen quasi im Paket abzuarbeiten. Sei es zur kurzzeitigen Kompensation in der Kneipe oder in der Folterkammer, die sich Fitness- Studio nennt, oder aber auch zum mittelfristigen Ausgleich durch Urlaub mit Verreisen. Reisen als Stress Bewältigung, Reisen als Flucht vor dem »modernen Säbelzahntiger«. Davon leben mittlerweile viele Dritt- und Schwellenländer. Der Tourismus zeigt mittlerweile weltweit enorme Zuwachsraten, und ich bin fest davon überzeugt, dass dieser völlig unbewusst ablaufende Mechanismus im Sinn einer Flucht zur Stress Bewältigung einer der Faktoren ist, der für diesen Trend verantwortlich ist. Dass unsere unbewussten Erwartungen und Hoffnungen, die wir an das Reisen knüpfen, in der Regel nicht erfüllt werden, ist gut nachvollziehbar und in sich ganz logisch. Wir nehmen uns durch Veränderung unserer Lebenssituation zumindest vorübergehend eine Auszeit – steinzeitlich betrachtet stellen wir uns nach unserer Flucht vorübergehend tot. Aber nach der Rückkehr in den gewohnten Kontext holt uns der Alltag ganz schnell wieder ein. Denn die Stress auslösenden Konfliktsituationen haben sich ja keineswegs inzwischen auf wundersame Weise in Luft aufgelöst. Wir haben uns allenfalls einen Aufschub erwirkt. Und deshalb, falls überhaupt eine Entspannung eingetreten ist, ist der Urlaubseffekt nur von sehr kurzer Dauer. Bei den meisten Menschen ist der positive Effekt des Reisens bereits nach wenigen Tagen in der gewohnten Umgebung wieder verpufft. Willkommen zu Hause! Oder wie ein Schlager sagt:« Guten Morgen, liebe Sorgen, seid Ihr auch schon wieder da?». Aber nichts desto trotz, ich halte Reisen für einen guten und sinnvollen Flucht- und totstell-Mechanismus, der zum Erhalt unserer Gesundheit und der vorübergehenden Wiederherstellung unseres seelischen Wohlbefindens beitragen kann. Besser als sich dicht zu saufen oder mit Pillen zu zudröhnen. Vielleicht wird manchmal durch das Reisen der Kopf wieder etwas klarer, so dass uns eventuell konstruktive Möglichkeiten einfallen, mit dem allgegenwärtigen Wahnsinn umzugehen ohne dabei umzukommen oder durchzudrehen. Ich freue mich jedenfalls schon auf meine nächste Italienreise, da kann ich dann wieder für kurze Zeit unser Politik- und Wirtschaftsdesaster vergessen oder verdrängen, oder wenigstens vorübergehend eine gewisse emotionelle Distanz zu den Alltagsereignissen aufzubauen. Aufgeschoben ist zwar nicht aufgehoben, aber das ist allemal besser als gar nichts.

Auch Irre haben mal Lichtblicke!

Auch in einem Irrenhaus gibt es vereinzelt Lichtblicke. Ich bin überglücklich, dass es Hinweise für das vereinzelte Auftreten von Intelligenz im Bundestag und Bundesrat gibt! Ja, Sie haben richtig gelesen. Auch Irre haben gelegentlich lichte Momente, wo ein Strahl Vernunft den ansonsten verdunkelten Geist erleuchtet. Es gibt für jeden Steuer zahlenden Bürger ab dem Jahr 2012 glatt vier, ich wiederhole mich gerne: sensationelle vier! Vereinfachungen, die das Leben des Bürgers im Alltag erleichtern. Nichts Welt bewegendes. Nein, das sind keine Maßnahmen, die den drohenden Weltuntergang am 21.12.2012 verhindern sollen (ach, Sie wissen gar nicht, dass an diesem Tag die Welt untergeht? Das sollten Sie sich dann mal flott in Ihrem Terminkalender vermerken, kommt ja nicht alle Tage vor – sagt zumindest die esoterische Fangemeinde). Es handelt sich vielmehr um ganz banale Erleichterungen für den Bürger im Hinblick auf die ausufernde Bürokratie in der BRD.

Die Anlage »Kind« zur Steuererklärung wird um eine Seite kürzer. Echt, kein Scherz! Eine ganze Seite kürzer! Für einen Ausschuss oder Arbeitskreis des Bundestags ist das ein sensationelles Ergebnis. Weil üblicherweise werden nur neue Formulare hinzu gefügt. Damit ist doch schon mal ein Anfang gemacht mit dem seit Jahren versprochenen Abbau der Bürokratie. Dies ist wahrscheinlich ein persönlicher Verdienst des früheren bayerischen

Ministerpräsidenten Edmund Stoiber in Brüssel. (War nur ein Scherz).

Der pauschalierte Betrag für Werbungskosten wird doch glatt um gigantische 80 Euro auf 1.000 Euro pro Jahr erhöht. Jetzt können Sie es aber so richtig krachen lassen. Und für Ihre permanente Konsumverweigerung gibt es jetzt keine Ausreden mehr, wo doch Ihr Geldbeutel prall gefüllt wird von Vater Staat. Na ja, zugegeben. Hinterher holt sich dieser Raben-Vater aus Ihrer Tasche wieder das zehnfache zurück. Aber jammern Sie nicht drüber. Schließlich gibt es jetzt ja was zu feiern.

Jetzt kommt der Knüller! Ab ersten Januar 2012 brauchen Sie, wenn Ihr Kind älter als 18 Jahre ist, sich aber noch in Ausbildung befindet, nicht mehr den ganzen Formularmüll der Familienkasse ausfüllen, weil die bisher geltende Einkommensgrenze von 8.004 Euro pro Jahr aufgehoben wird! Egal wie viel die in Ausbildung befindliche Brut verdient, Sie kriegen trotzdem Kindergeld. Somit dürfen dann die Mitarbeiter/innen der Familienkasse ihre Zeit mit sinnvolleren Dingen zubringen, als harmlose Bürger mit einem Wust von Formularen zu quälen und krank zu machen.

Und last, but not least. Halten Sie sich fest! Ab 2012 muss, ich wiederhole: muss!, das Finanzamt wieder kostenfrei Auskunft bezüglich nicht gewerblicher Vorgänge geben, wenn der konkrete Betrag, um den es sich im zu klärenden Sachverhalt handelt, geringer als 10.000 Euro ist. Das dürfte wohl fast regelhaft der Fall sein. Schriftlich, schwarz auf weiß, müssen die Fiskalritter sich festlegen. Die Zeit, wo der Bürger durch unverschämt hohe Gebühren vom Fragen abgehalten wurde, und hinterher dann die Zeche bezahlen durfte, ist vorbei. Die Auskunftspflicht des Finanzamtes ist ab 01.01.2012 Ihr verbrieftes Recht. Machen Sie von Ihrem neuen Recht regen Gebrauch! Fragen Sie lieber einmal zu viel nach, um künftig böse unerwartete Überraschungen, zum Beispiel Nachforderungen in ruinöser Höhe, bei der Steuererklärung zu vermeiden. Von dieser Neuregelung bin ich persönlich total begeistert. Und ich freue mich schon auf meine neuen Brieffreundschaften. Vielleicht ist die Freude etwas einseitig, aber das ist nicht mein Problem.

Qualitätsmanagement: zertifizierte heiße Luft/moderne Schutzgelderpressung

Ich stelle mir jetzt im Moment die Frage, ob auch die Finanzämter in unserem globalen Irrenhaus eine ordnungsgemäß zertifizierte Irrenanstalt sind. Sie wissen doch, heutzutage muss jeder Pups genormt und zertifiziert sein. Ich weiß nicht, wie es Ihnen geht, aber mir persönlich stellen sich mittlerweile die Zehennägel auf, wenn ich nur das Wort Qualitätsmanagement (Abkürzung: QM) höre. Qualitätsmanagement, wissen Sie, was das ist? Zertifizierte heiße Luft. Mittlerweile muss jede Institution und jeder Betrieb zertifiziert sein und Qualitätsmanagement betreiben, um eine Existenzberechtigung zu haben. Und wer nicht zertifiziert ist, kriegt einfach für seine Dienstleistung weniger oder gar kein Geld. In anderem Kontext nennt man diese Vorgehensweise Schutzgelderpressung und ist strafbar!

Was mich am meisten bei diesem Thema frustriert, ist die Tatsache, dass die Sinnhaftigkeit dieses Theaters so gut wie nie hinterfragt wird. Hand auf`s Herz, glauben Sie wirklich, dass per gesetzlichem Zwang verordnetes Qualitätsmanagement in irgend einer Art und Weise die Qualität einer Dienstleistung oder eines Produkts positiv beeinflusst und irgend jemandem konkret nützt? Halt, Nutznießer gibt es natürlich schon. Nämlich die Anbieter von QM- Seminaren und die Zertifizierer selber. Dieser Markt ist wirklich lohnend und befindet sich in stetigem Wachstum. Aber wer zertifiziert eigentlich die Zertifizierer? Und wer kontrolliert die Kontrolleure?

Auf dem Weg zum »begehrten« Zertifikat liegen viele Hindernisse, Hürden und Stolpersteine, die vom jeweiligen Unternehmen bewältigt und nachgewiesen werden müssen. Für das eigentliche Kerngeschäft des jeweiligen Betriebs bleibt umso weniger Zeit, weil ja schon ein großer Teil der Ressourcen durch das QM gebunden ist. Und ich habe nicht das Gefühl als Bewohner dieser Freiluft- Psychiatrie Erde, dass durch die vielen zertifizierten Unternehmen um mich herum, mein Leben einfacher, sicherer oder angenehmer geworden ist. Allein das Wissen, dass die Behörden, die mich jahrein jahraus traktieren, allesamt zertifizierte Unternehmen sind, ist wie eine schallende Ohrfeige. Das kommt mir wie zusätzlicher Spott und Hohn vor. Zertifizierter Papierkram, klasse. Mein Fazit ist, dass die ganze Zertifiziererei nur einen Haufen zusätzliche Kosten verursacht, aber keinen konkreten und fassbaren Nutzen für den normalen Bürger mit sich bringt. Ich halte es für eine Art Beschäftigungstherapie in der Anstalt. Dieses absurde Theater erinnert mich an das bekannte Märchen »des Kaisers neue Kleider«. Ich rufe jetzt ganz laut aus wie das Kind im Märchen: »aber der Kaiser ist ja ganz nackt«. Mein Vorschlag: stampfen wir den ganzen QM- und Zertifizier- Müll ein und investieren unsere Ressourcen in sinnvollere Projekte.

Justiz – eine psychiatrische Diagnose?

Sehr eng verwandt mit dem Thema QM und Morbus zertifikatus ist das alte Lied vom Kampf des Bürgers und der Vernunft gegen die Windmühlen der Justiz und der Behörden. Aber was ist eigentlich die Justiz und was sind die Behörden? Also ich habe, natürlich wieder mal abweichend vom allgemeinen main-stream, eine Vermutung.

Vielleicht kennen Sie den Begriff: »Pareto-Prinzip«, benannt nach dem Italiener Vilfredo Pareto, der von 1848 bis 1923 lebte und im Rahmen seiner Forschungen eine interessante Gesetzmäßigkeit entdeckt hat, die man heute die 80/20- Regel nennt. Diese 80/20- Regel, das Pareto-Prinzip, lässt sich auf sehr viele Bereiche des täglichen Lebens anwenden und übertragen. So erzielen wir zum Beispiel mit 20% unserer täglichen Arbeitszeit 80% unserer Ergebnisse. Circa 20% der Bevölkerung besitzen 80% der Ressourcen. 20% der Kunden eines Unternehmens bescheren 80% des Umsatzes etc.

Jetzt zu meiner Vermutung: in mir wächst immer mehr die Überzeugung, dass in unserem offenen Irrenhaus, in dem wir leben, die Abteilungen Justiz samt angehängten Behörden eine ähnliche Verteilung aufweisen. Ich nenne diese Vermutung jetzt der Einfachheit halber das Anstaltsprinzip. Also: 20% der Mitarbeiter/innen in Behörden und Justiz sind Irre, Geisteskranke, psychiatrische Patienten, oder mit welchen Namen Sie diese auch immer bezeichnen möchten. 80% der Mitarbeiter/innen in Justiz und Behörden sind in Ordnung. Die 20% Irren sind für 80% der Probleme in unserem Land verantwortlich. Die anderen 80% sind bemüht, den Schaden zu begrenzen, den die Wahnsinnigen verursachen, und den Laden trotz der Aktivitäten der Irren am Laufen zu halten. Problematisch ist nur, dass viel zu oft die Irren in unserem Land in den Führungspositionen sitzen, und somit also die richtungsweisenden Entscheidungen treffen.

Kennen Sie den Begriff »Soziopath«? Das sind Gestörte, die sich sozial auffällig verhalten und auch zu Straftaten neigen. Die extremste Ausprägung weisen echte Psychopathen auf, wie zum Beispiel Triebtäter oder Pädophile. Mittlerweile wissen wir aus der Forschung, dass das Gehirn von Soziopathen und Psychopathen anders tickt als beim Rest des Volks. Diese Veränderungen lassen sich zum Beispiel im Funktionskernspin nachweisen, und gelten als Ursache und verantwortlich für das krankhafte Verhalten. Da sind wir schon wieder mal beim Thema freier Wille. Aber diesen Aspekt wollen wir jetzt mal außen vor lassen.

Meine Vermutung ist, formuliert als wissenschaftliche Hypothese, dass ähnliche Veränderungen der Gehirnfunktion und Gehirnanatomie auch bei den 20% Irren in Führungspositionen bei Justiz und Behörden vorliegen als Erklärung für das auffällige Verhalten. Nur klinisch, also im Verhalten, deutlich weniger ausgeprägt! Das hat bisher nur noch niemand systematisch untersucht. Aber Fakt ist aus psychologischer und psychiatrischer Sicht, dass Sie in bestimmte Führungspositionen nur aufsteigen, wenn Sie sich sozial auffällig verhalten – auffällig aus Sicht der »normalen« 80% - und entsprechend aggressiv und bissig sind. Verzeihung, in der Sprache des modernen Managements heißt das mittlerweile ganz korrekt, dass bei Ihnen Führungsqualitäten, Ergebnisorientierung, Elitebewusstsein und Durchsetzungsvermögen gegenüber Mitarbeitern und Mitbewerbern vorhanden sind. Sprache wird in unserer Zeit ja gerne zweckentfremdet, wie zum Beispiel beim Kommentieren des Wahlergebnisses der FDP bei den letzten Wahlen in Berlin. Die erzielten 1,8% sind – man höre und staune – ein positives Signal mit ausbaufähigen Entwicklungsmöglichkeiten nach oben! Veränderungen des sprachlichen Ausdrucks gehen aber nicht unbedingt mit Veränderungen in der Außenwelt einher.

Zurück zu unserer 80/20- Regel und den »Soziopathen« in Führungspositionen. Wenn Menschen mit krankhafter Dominanz der funktionellen Aktivitäten ihres Reptil-Hirns und Verminderung der Aktivitäten der Hirnregionen, die für sozial angepasstes und dem jeweiligen Kontext der aktuellen Lebenssituation angemessenem Verhalten zuständig sind, Leithammel eines Volks sind, dann stellt dies eine plausible Erklärung für den voranschreitenden Wahnsinn auf unserem Planeten dar. Das Schlimme daran ist, dass es für diese Form von Wahnsinn keine wirksame Therapie und auch kein Gegenmittel gibt. Auch keine Vorsorgemaßnahmen. Weil im gelebten Alltag neue Führungskräfte von bereits etablierten Führungskräften in die Führungspositionen berufen werden. Das ist in Etwa so, wie wenn in Medizin und Psychologie die Irren festlegen dürften, was als normal zu gelten hat. In Medizin und Psychologie undenkbar, in der Justiz, in Behörden, in Konzernen und in der Politik gelebter Alltag. Der Irre gilt als normal, der Normale – sozial und psychisch unauffällige – gilt als unnützes und unbrauchbares Weichei. »Normale Normalität« wird von den Irren in Führungspositionen als Schwäche und fehlende Qualifikation für einen Aufstieg ausgelegt.

Also liebe Leser, denken Sie daran, Ihr Chef tickt möglicherweise nur anders als Sie und besitzt wie viele andere Patienten mit ähnlichen Symptomen keine Fähigkeit zur Krankheitseinsicht. Sie selbst sind nicht schwach und unfähig, sondern nur ganz einfach psychologisch unauffällig und sozial normal. Also keine Sorge. Alles im grünen Bereich bei Ihnen! Die Diagnose für Sie lautet: Sie gehören zu den 80% geistig Gesunden. Das sind leider die mit dem ausgeprägtesten Leidens-Druck. Die Irren nehmen ihren Irrsinn ja gar nicht wahr und leiden somit nicht darunter. Das ist wie bei der Altersdemenz. Alle merken es, nur der Betroffene selbst nicht. Für die Irren in Führungspositionen eigentlich ein unverdienter Segen, ungerecht für die Normalen. Aber so ist das nun mal.

Ganz schön irre!

Ja, da sehnt man sich als Normaler unter der Knute von Irren nach Veränderungen. Aber nicht jede Sehnsucht nach Veränderungen ist normal. Insbesondere wenn Sie mehr als fragwürdigen Idolen nacheifern, um sich an einer absolut krankhaften Form von Normalität zu messen und sich damit vergleichen. Und im Vergleich damit denkbar schlecht abschneiden. Und dann bereit sind, jeden Preis dafür zu bezahlen, und jedes Risiko einzugehen, sich diesem kranken Ideal anzunähern. Was dann schon wieder ein eindeutiges klinisches Zeichen für Irrsinn und Krankhaftigkeit darstellt, sozusagen ein sehr zuverlässiges Diagnosekriterium für Wahnsinn ist. Um ein konkretes Beispiel zu nennen, bei Schönheitsoperationen, auch ästhetische Chirurgie genannt. Das klingt zwar seriöser, ist es aber nicht. Ich spreche nicht von plastischer Chirurgie! Um auch hier ein konkretes Beispiel zu nennen, Brustrekonstruktionen nach ausgedehnten und entstellenden Krebsoperationen. Oder, um ein anderes Exempel völlig seriöser Art darzustellen, chirurgische Wiederherstellungsmaßnahmen nach Verbrennungen. Das ist klasse und verdient volle Bewunderung. Nein, ich ziele hier auf die Irren ab, die ihrer Tochter zum 16. Geburtstag eine Brustvergrößerungs- Operation schenken. Ich spreche von den Irren, die sich das Fett am Bauch und am Hintern absaugen lassen, und dann vielleicht noch als I- Tüpfelchen einen Teil davon ins Gesicht spritzen lassen, um ihren Lippen eine vermeintlich super attraktive Form zu geben. Dem

Wahnsinn sind im Bereich der Schönheitschirurgie keine Grenzen gesetzt. Sind ja schon Klassiker wie Nasenkorrekturen, Gesichtshautstraffungen, Ohrkorrekturen und rein kosmetische Brustvergrößerungen mehr als fragwürdig. Ohne Zweifel irre, sind aber die in den letzten Jahren hinzu gekommenen Eingriffe. Wie krank in der Birne muss man sein, um eine Schamlippen-Korrektur durchzuführen? Wie bekloppt muss man sein, um seinen Penis operativ vergrößern und in der Form »optimieren« zu lassen? Wissen Sie was? Für mich gehören die alle zum Facharzt für Psychiatrie auf die Couch, einschließlich der Schönheitschirurgen, die diese Eingriffe durchführen, und sich damit eine goldene Nase verdienen. Und einschließlich der Juristen, die diesen Unfug erlauben.

Der neueste Trend, natürlich aus dem Mutterland des Irrsinns in der Neuzeit – also aus Amerika – ist die operative Korrektur der Zehen. Diese sollen eine optimale Rundung durch operative Korrektur bekommen, damit dieser ästhetisch angeblich vollkommene Zehen-Bogen dann in die teuren Designerschuhe passt! Damit sieht man, dass unsere weiblichen Hollywood- Idole alle psychisch krank sind. Aber in Hollywood gehört es eh zum guten Ton, sich auf die Couch zu legen. Die sind also psychiatrisch bestens versorgt. Ich glaube, dort läuft kein/e Schauspieler/in herum, der/die nicht von den Ohren bis zu den Zehen zigfach runderneuert wurde. Und unsere Medien präsentieren uns diese Irren dann als Vorbild. Es ist wie immer: die Normalen werden hierzulande durch die Medien unter Druck gesetzt, um sich im Verhalten und im äußeren Erscheinen den Irren anzupassen, bis ins kleinste Detail. Das scheint einen hypnotisierenden

Effekt auf die noch Normalen zu haben, die sich dann wie in Trance den bizarren Vorgaben der Irren beugen. Hallo! Bitte Aufwachen aus der Trance. Lernen Sie einfach, sich zu lieben und zu akzeptieren wie Sie sind. Sie sind völlig in Ordnung, wie Sie sind. Sie müssen nichts an sich ändern und optimieren. Ein krankhaft niedriges Selbstwertgefühl lässt sich nicht operativ beseitigen.

Irrsinn mit Zahlen

Die Medien tragen in dieser, angeblich modernen Zeit, ganz erheblich zu dieser grassierenden Seuche des zunehmend um sich greifenden Irrsinns bei. Nehmen Sie als Beispiel nur die Statistiken, mit denen unser Hirn zugemüllt und unsere Sinne benebelt werden. Natürlich nur um uns zu informieren. Wer`s glaubt, wird selig! Einziges Ziel der Verantwortlichen ist natürlich nur, uns zu manipulieren und ruhig zu stellen.

Nehmen wir als Beispiel die Statistiken über die Zahl der Arbeitslosen. Die Präsentation der jeweils aktuellen Zahlen ist nichts anderes als eine große Volksverarschung. Diese Zahlen werden so hin gebogen, wie von der herrschenden Klasse gewünscht. Und zwar ganz legal (Sie wissen ja, die herrschende Klasse lässt sich geschickter weise die Gesetze ganz nach Gusto schreiben. Nicht nur die Wissenschaft, auch die Justiz ist eine Hure). Ja, Sie haben recht gelesen, das Lügen mit Zahlen ist in diesem Irrenhaus ganz legal. Das funktioniert so: der Gesetzgeber und sein verlängerter Arm, die Justiz, definieren mal ganz locker aus der Hüfte, was überhaupt ein richtiger Arbeitsloser ist. Und diese Definition weicht enorm von unserem Volksverständnis von Arbeitslosigkeit ab. Das Arbeitsamt steckt Sie in einem völlig sinnlosen vierwöchigen Computerkurs? Glück für die Statistik, in dieser Zeit sind Sie nämlich nicht arbeitslos. Sie melden sich krank oder sind auf Reha? Glückwunsch! Nicht für Sie, sondern für den Mitarbeiter des Arbeitsamtes. In seiner persönlichen Statistik ein Arbeitsloser weniger. Nach

Arbeitslosengeld 1 bekommen Sie kein Arbeitslosengeld 2, weil Ihr Partner mehr als Sozialhilfe verdient? Klasse, Sie fallen aus der Statistik raus. Sie sagen, Sie seien aber doch trotzdem Arbeit suchend? Ja, haben Sie es noch immer nicht kapiert? Ob Sie wirklich Arbeit suchen oder auch nicht, hat mit Ihrer Verwertbarkeit für statistische Zwecke rein gar nichts zu tun. Das gleiche gilt, wenn Sie vom Arbeitsamt wegen Ihres Alters frühzeitig berentet werden. Obwohl Sie gerne arbeiten würden, fallen Sie aus der Arbeitslosenstatistik raus und belasten fortan die Rentenstatistik. Und auf die Rentner prügelt man in unserem Land leidenschaftlich gerne ein. Sie wissen ja, das Stichwort lautet: »sozialverträgliches Ableben«. Wussten Sie eigentlich, dass durch die Beschlüsse der damals rot- grünen Regierung (Sie sehen schon, ob rot-grün oder schwarz- gelb ist für uns als Bürger völlig egal. Oder wie drückte sich ein Hörer des bayerischen Rundfunks aus: was hat die Sau davon, dass sie sich ihren Metzger selber aussuchen kann?) circa 7 (!) Millionen Vollzeit- Jobs in Mini- Jobs umgewandelt wurden? Ja, da staunen Sie. Kurz zusammengefasst: wir haben seit vielen Jahren konstant ungefähr 10 Millionen echte Arbeitslose. Das einzige, was sich geändert hat, ist die phantasievolle Definition des Staats, wer von den Arbeit Suchenden überhaupt für die öffentliche Statistik erfasst wird. Der Rest ist nichts als Propaganda. Und das ist, wenn man Berichten glauben darf, die einzige Kompetenz unserer Kanzlerin. Schließlich, so liest man in der Presse, hat sie in der DDR ja brav das FDJ- Hemdchen bei der Ausübung ihres Jobs als Sekretärin im Propagandaministerium getragen.

Also denken Sie sich nichts dabei, wenn Sie trotz der »brummenden Wirtschaft« keinen Job finden, und das deutsche »Wirtschaftswunder« für Sie unsichtbar bleibt. Es liegt nicht an Ihnen, sondern nur an der politischen Propaganda. Weder haben wir in der Realität so wenig Arbeitslose, wie schon lange nicht mehr, noch gibt es einen Fachkräfte Mangel. Es mangelt nur an fair bezahlten Jobs, von denen man auch leben kann.

Ehrlichkeit ist Irrsinn

Wissen Sie, was völlig absurd und irre wäre? Ehrlichkeit im Umgang zwischen Politik, Behörden und Bürgern. Warum? Ich glaube, die Begründung liegt auch hier darin, dass der Einzelne sich gegenüber dem jeweiligen Staatsapparat ohnmächtig ausgeliefert und hilflos fühlt. Völlig schutzlos und wehrlos. Der Staatsapparat (d.h. der Staat und seine verlängerten Kraken-Arme, sprich Behörden und Justiz) handelt, aus Sicht des Bürgers, sehr oft rein willkürlich und im Einzelfall überhaupt nicht nachvollziehbar, logisch oder plausibel. Bei Nachfrage (je nach Staat ist es besser, erst gar nicht nachzufragen) erhält man, unabhängig von den Tatsachen, sehr ausweichende und unverbindliche Antworten. Sehr beliebt in Deutschland ist der Spruch: Diese Vorgehensweise ist unter den gegebenen Umständen alternativlos. Behörden verweisen gerne auf die – angebliche – Gesetzeslage: da kann ich nichts machen, so sind nun mal die Vorschriften. Die Juristen – Sie wissen, unsere akademischen Hilfsarbeiter, also der Sand im Getriebe der Gesellschaft – mischen sich in alles ein, ohne von irgendetwas überhaupt richtig Ahnung zu haben. Beliebtester Spruch – und peinlichste Offenbarung der eigenen sozialen Inkompetenz und des abwesenden Mitgefühls für die Opfer dieser Branche – ist: unsere Aufgabe ist es nicht, für Gerechtigkeit zu sorgen, sondern den bestehenden Gesetzen Genüge zu leisten. Dann frage ich mich nur, warum Ihr Juristen Euch mit dem Namen Justiz schmückt! Ihr erinnert Euch vielleicht vage:

Justitia ist lateinisch und heißt Gerechtigkeit. Schon vergessen? Ein zweiter beliebter Spruch, wenn Juristen mit zahlenmäßig nachprüfbaren Tatsachen konfrontiert werden: Judex non calculat (d.h. soviel wie: ein Jurist zählt/ rechnet nicht). Und ich dachte immer, in Deutschland müsste eigentlich jeder, der auf eine Uni will, wenigstens das kleine Einmaleins beherrschen. Leider ist Jura nicht nur ein vier- bis sechs-semestriges Aufbaustudium als Weiter- beziehungsweise Zusatzqualifikation nach einem richtigen, brauchbaren, am normalen Leben und seinen Bedürfnissen orientierten absolvierten Berufsabschluss, sondern stures Paragraphen Pauken. Fragen Sie mal zehn Juristen zu ein und demselben Sachverhalt, und Sie erhalten zehn völlig verschieden begründete Antworten, die alle, gemessen an der Gesetzeslage, halbwegs plausibel klingen und somit theoretisch stimmen könnten. Zur Entscheidungsfindung wäre ein Münzwurf vielleicht doch geeigneter und gerechter.

Kein Wunder, dass hier nur allgemeine Verwirrung und Verunsicherung herrscht.

Als allererste und dringlichste Maßnahme zur Reformierung der gesamten Justiz, müsste der Ausbildungsweg komplett geändert werden. Zuerst einen richtigen brauchbaren Beruf lernen, dann eine darauf aufbauende Zusatzausbildung zum Reinziehen des Paragraphendschungels.

Als zweite Maßnahme würde ich eine regelmäßige psychiatrische beziehungsweise psychotherapeutische oder psychologische Supervision einführen für alle am Gericht tätigen Juristen, um festzustellen, ob diese überhaupt in der geistigen Verfassung sind, auf Menschen in Ausnahmesituationen losgelassen werden zu können. Ich würde mit dieser Maßnahme – aus gutem Grund - quasi eine Art Psycho-TÜV für diese Untergruppe der Juristen einführen. Sie kennen meine Hypothese bereits: es liegt möglicherweise eine angeborene, genetisch fixierte respektive begünstigte, aber im Ausprägungsgrad gegenüber Soziopathen und Psychopathen deutlich abgemilderte Variante einer Hirnfunktionsstörung, oder milder ausgedrückt eine »Normvariante« der individuellen Funktionsweise des Gehirns verglichen mit der gesamten Bevölkerung vor. Diese Variante kann, ganz vorsichtig ausgedrückt, zu seltsamen Neigungen im Verhalten, aber vielleicht auch zu interessanten Tendenzen in der Berufswahl führen. Und bei der Interpretation des Begriffs »normal« ist bei dieser Menschengruppe regelhaft eine von der überwiegenden Mehrheit der Bevölkerung (des sogenannten »Normalkollektivs«, ganz nach dem Motto: normal ist, was die Mehrheit macht) abweichende Meinung zu erwarten, da diese Mehrheit nicht über die entsprechende Variante des Erbguts mit der sich hieraus ergebenden anderen Funktion des Gehirns verfügt. Eigentlich müssten mir jetzt alle Juristen für meine Hypothese dankbar sein, denn ich nehme sie ja gewissermaßen in Schutz. Wir normalen Bürger sagen immer, diese Juristen seien seltsame Vögel. Es sieht aber eher so aus, dass genetisch bedingt »seltsame Vögel« eher geneigt sind, Jurist zu werden als andere Zeitgenossen. Ursache und Wirkung sind hier revolutionär vertauscht entgegen landläufiger Sicht. Und Sie wissen mittlerweile, diese Hypothese gilt nicht nur für Juristen, sondern für alle Sonderlinge in Leitungspositionen. Nachdem – angeboren – »seltsame« Menschen, immer gemessen an den 80% »Normalen«, zu »seltsamen« Neigungen tendieren, sind gewisse Vereine, Orte und auch Berufe ganz natürlich erklärbar über zufällig häufig von diesen Zeitgenossen besetzt. Vielleicht sind das auch die, mit denen schon im Sandkasten keiner spielen wollte. Hierzu zähle ich auch unsere Behörden, und vor allem diejenigen, welche die gesetzlichen Grundlagen für diese ausführenden Organe des Staates geschaffen haben (also die sogenannte Legislative).

Also kein Wunder, dass die Behörden dem Bürger misstrauen, und der Bürger den Behörden misstraut. Letzteres halte ich übrigens für ein Zeichen von Intelligenz gepaart mit Überlebensinstinkt, ein gesundes Misstrauen gegenüber dem Staat und seinen verlängerten Armen – also Justiz und Behörden – zu haben. Und dieses gegenseitige Misstrauen ist vermutlich auch mehr als berechtigt. Ich bin mir sehr sicher in meiner Einschätzung, dass der Staat den einfachen Bürger rupfen will wie eine Gans, und umgekehrt bin ich mir sehr sicher, dass der Bürger dem Staat gegenüber ziemlich unehrlich ist und ganz viel verschweigt. Zum Beispiel illegale Bankkonten in der Schweiz. Oder bei einem Konkurs legal oder illegal beiseite geschafftes Vermögen, welches eigentlich in die Konkursmasse einfließen müsste auf nimmer wiedersehen. Oder Einkünfte aus Schwarzarbeit werden, fast möchte ich sagen logischerweise, dem Finanzamt gegenüber verschwiegen. Was ist bei diesem Katz-und-Maus-spiel Henne und was ist Ei? Ich glaube, diese Frage kann heute kein Mensch mehr beantworten. Die Situation ist vertrackt und festgefahren.

Meiner Meinung nach hilft hier nur der Mut zur Ehrlichkeit auf beiden Seiten als erster Schritt. Haben Sie sich schon einmal überlegt, wie viel Energie Sie – egal auf welcher Seite Sie stehen – das verdammte Lügen und Versteckspiel kostet? Ja glauben Sie denn etwa, dass permanentes Lügen und Betrügen an Körper und Seele spurlos vorbeigehen? Ohne Zweifel führt die dauernde Lügerei über die Jahre hinweg zu einer chronischen Stressbelastung, zu einem chronischen Stress Zustand in Körper und Seele mit allen nachteiligen Folgen, über die wir schon gesprochen haben. Damit fördern Sie selbst Ihr eigenes deutlich verfrühtes sozial verträgliches Ableben, egal ob in Ihrer Rolle als Bürger oder in Ihrer Rolle als Mitarbeiter in einer Behörde. Also können wir auch mit Fug und Recht sagen, dass diese Lügerei ein weltweites Phänomen ist, welches an allen Orten und bei allen Kulturen und in allen Religionen seinen Tribut fordert.

Ich sage nur zwei Worte: »globales Irrenhaus«. Und damit Sie nicht sagen, ich würde mir selber widersprechen, - Sie erinnern sich, einleitend sagte ich, Ehrlichkeit im Umgang mit Behörden wäre absurd und irre - , hier noch einmal der entscheidende Hinweis zur Auflösung des scheinbaren Widerspruchs: es **wäre** wünschenswert, auf beiden Seiten als ersten Schritt Ehrlichkeit zu praktizieren, aber unter den aktuell gegebenen Umständen ist es absurd und irre, diese Ehrlichkeit zu **erwarten**! Ein kleiner, aber wichtiger Unterschied in der Formulierung. Aber man soll die Hoffnung nie aufgeben. Wunder soll es ja immer wieder geben.

Notleidende Banken

Heute morgen hörte ich friedlich Radio und genoss ein Stress freies Wochenende. Das bedeutet konkret, dass kein behördliches Schreiben pünktlich zum Wochenende in meinem Briefkasten landete, um mir das Wochenende gezielt zu versauen.

Dennoch blieb mir fast das Frühstück im Halse stecken, als in den Nachrichten das Stichwort »Notleidende Banken« fiel. Für mich sind diese beiden Wörter das Unwort des Jahres. »Notleidende Banken«, welch ein Hohn in den Ohren des anständigen Bürgers. Mit diesen beiden Worten wird der Irrsinn des weltweiten Finanzsystems geoffenbart. Der Täter wird durch eine simple Wortspielerei zum Opfer und fordert Mitleid ein. Und natürlich staatliche Finanzhilfen. Hallo? Tickt Ihr Finanzgesindel noch ganz richtig? Nach dem – leicht vorhersehbaren – Crash 2008 wurden die Banken in vielen Ländern dieses globalen Irrenhauses mit staatlichen Mitteln gerettet. Weil diese Banken – noch ein Unwort – System relevant sind. Liebe Mitbürgerin, lieber Mitbürger, liebe/r Mittelständler/in, wenn Sie pleite gehen, interessiert sich keine Sau für Sie, nur der Insolvenzverwalter. Nach Rettung von außen suchen Sie vergeblich. Warum? Ganz einfach, Sie nicht System relevant sind. Zu deutsch: Ihr Desaster ist dem System scheißegal! Für Sie lautet das Motto: »Schauen Sie selber, wie Sie damit zurecht kommen.« Und bevor Sie sich umbringen, kontrollieren Sie bitte noch, ob Sie alle Steuern bezahlt haben und ob Sie mit Ihren Beiträgen zur Lebensversicherung auf dem Laufenden sind. Damit wenigstens die Kosten für das Finanzamt und den Insolvenzverwalter gedeckt sind. Zu früherer Zeit hätte man dann Ihre Kinder und Ihre Frau in die Sklaverei verkauft. Effektiv wird dieses Vorgehen auch heute noch praktiziert, allerdings gibt es in unserer modernen Zeit für diesen Umstand ein viel wohlklingenderes Vokabular.

Zurück zu den mühsam 2008 geretteten und erneut – plötzlich und unerwartet – in Not geratenen Banken. Man muss sich den grotesken Ablauf für die Rettung des Finanzgesindels nochmals vorstellen und kurz rekapitulieren. Geldgierige Menschen tragen Ihr – legal oder illegal erworbenes – Vermögen zum Banker und fordern von ihm ein, dass er ihre Kohle vermehren soll. Der Anleger will noch reicher werden, als er eh schon ist, natürlich auf Kosten der Ärmsten, die dadurch noch ärmer werden, da es sich ja nur um eine Umverteilung der Ressourcen handelt. Ganz frei nach dem Motto: Ihr Geld ist doch nicht weg, es füllt jetzt nur andere Taschen! Sehr witzig und originell! Und die Vermehrung des Geldes geschieht automatisch, also ohne dafür einen Finger zu krümmen. Streng genommen werden andere Finger gekrümmt, zum Beispiel Kinderfinger, wo die Kleinen zur Optimierung der Jahresbilanzen der großen Konzerne auch noch Ihren Buckel krümmen müssen. Ganz legal, oder zumindest von den Hütern von Recht und Ordnung geduldet, beispielsweise auf Kaffee- oder Kakao-Plantagen. Das nennt sich dann im modernen Management- Deutsch »nachhaltiges Wirtschaften«.

Also zurück zur Welt der wundersamen Geldvermehrung. Der Finanzjongleur nimmt die Kohle des geldgierigen Anlegers, verspricht diesem völlig absurde Renditen, was den von Geldgier geblendeten Anleger aber keinesfalls misstrauisch macht, nimmt für sich selbst, so lange überhaupt noch reales Geld da ist, zuerst mal seine Prämien und Boni als Vorwegnahme seiner phantastischen Leistungen, und dann wird munter drauf los gezockt und spekuliert. Und glauben Sie ja nicht, diese »Experten« der Finanzbranche hätten irgendeinen blassen Schimmer von Betriebswirtschaft, der Börse, vom Markt oder von Geldgeschäften. Die kennen nur ihre eigene Kontonummer vom Schweizer Nummernkonto. Ja, das Ergebnis ist dann auch leicht für Nicht- Experten vorhersehbar (Frage: gibt es überhaupt in irgendeiner Branche Experten, die fundierte Ahnung von ihrem Job haben?). Ganz ohne Börsenbarometer, Insidertipps, Hellsehen oder Astrologie, oder was auch immer für vermeintlich valide Instrumente zur Vorhersage der Börsenkurse eingesetzt werden. Die vom Banker oder Finanzguru verzockte Kohle verschwindet irgendwo im pekuniären Nirwana, für den Anleger unerreichbar und garantiert ohne Wiedersehen. Und so verschwindet das Kapital von vielen Kleinanlegern und auch größeren Anlegern in den prall gefüllten Taschen weniger Spekulanten. Mit der Folge, dass die Soll-Position der Bankenbilanzen ganz schnell die Habenseite übersteigt. Und spekuliert wird auf alles: auf Nobelpreisträger, auf Fußballspiele, auf Verknappung von Nahrungsmittel in der dritten Welt und auch auf Staatspleiten. Ich glaube, dass die gesamte Finanzbranche von einem mutierten Virus des Rinderwahnsinns befallen ist. Und, schwupp die wupp, ist drei Jahre nach 2008 ganz unerwartet und überraschend die nächste Bankenkrise da. Das kommt davon, wenn fortgeschrittene Demenz und offensichtliche Unzurechnungsfähigkeit die einzig feststellbaren Hauptqualifikationen der Entscheidungsträger in der Finanzbranche sind, gepaart mit der Charaktereigenschaft, zu lügen wie gedruckt, ohne dabei rot zu werden, und gewürzt mit einem ordentlichen Schuss Skrupellosigkeit. Und Politik und Justiz als willige Erfüllungsgehilfen des Kapitals machen den Weg ins Desaster für die Mehrheit der Bürger frei. Modern ausgedrückt: Privatisierung der Gewinne, Solidarisierung der Verluste. Also, von wegen »notleidende Banken«. Da ist eine eindeutige Klarstellung des tatsächlichen Sachverhalts angezeigt. Nämlich, dass die Verantwortlichen in der Finanzbranche die Täter sind, und die anständigen Bürger und Anleger die Opfer.

Ich muss allerdings einräumen, dass sich mein Mitleid mit den Anlegern in Grenzen hält. Der Verlust des Geldes scheint mir eine angemessene Lektion zu sein, aus dieser schmerzlichen Situation zu lernen, quasi als Quittung des Lebens für Geldgier. Als eine Art Ausgleich der Gerechtigkeit.

Unfair ist aber die Bestrafung des Steuerzahlers, der für alle Verluste bis in die nächsten Generationen hinein gerade stehen muss. Frei nach dem Motto: Privatisierung der Gewinne, Solidarisierung der Verluste (siehe oben). Komisches Verständnis von Demokratie. Demokratie bedeutet doch eigentlich, dass die Mehrheit des Volkes den gewählten Volksvertretern die Richtung vorgibt. Wie kann es dann sein, dass 82 Millionen Menschen in Deutschland gerade stehen müssen für die Transaktionen von 3,6 Millionen Aktionären? Kann mir das vielleicht jemand von den Normalen erklären? Ach ja, wie konnte ich das vergessen! Wir nennen uns zwar Demokratie, aber nicht überall, wo Demokratie drauf steht, ist auch wirklich Demokratie drin! Unsere Staatsform in Deutschland ist ja faktisch die Bürokratie, die, wie wir jetzt ja wissen, eine Erfindung des Teufels ist. Und diese wird in den Vorhöfen der Hölle – will sagen, den Behörden – umgesetzt, ohne jede Gnade gegenüber dem Bürger, dafür aber gerne mit einer ordentlichen Portion Willkür. Diese Behörden dienen angeblich offiziell dem Staat, faktisch aber sicher nicht den Bürgern, sondern eher den Kapitalträgern im Hintergrund. Eine Form von völlig legaler Prostitution. Die staatliche Dienstleistung und die hierfür notwendigen Gesetze folgen dem Kapitalfluss. Für den Bürger heißt das, weg von einem selbst bestimmten Leben, hin zu maximaler Fremdbestimmung. Und diese Art des Irrsinns zeigt sich mit den klassischen Symptomen des fortgeschrittenen Wahnsinns tagtäglich im Alltag des Bürgers von seiner dunklen Seite. Und die vermeintliche Wiege der Demokratie, also Griechenland, hat neben der Bürokratie als Staatsform noch seit Jahrzehnten die Korruption ins Rennen geschickt. Wer weiß, vielleicht ist auch bei uns die Korruption viel weiter verbreitet als wir ahnen. Ein krankes Hirn und ein auffälliger Charakter führen im Alltag dann auch vermutlich nicht nur zu irrem, sondern auch korruptem Verhalten. Das demonstriert uns die Führungsetage unseres Landes jeden Tag aufs Neue.

Ganz besonders für meine Heimat Bayern gilt diese Aussage. Sie wissen doch, in Bayern sind wir meilenweit entfernt von einem demokratischen System. Da haben wir die CSU mit ihren Amigos. Im deutschen Vorzeige-Bundesland, wo Macht und Missbrauch gemäß eines mutigen Buchtitels – und des, sehr zum Ärger der CSU nach wie vor verfügbaren Inhalts – politisch gelebter Alltag sind, können wir friedlichen Bürger von der Einführung der Demokratie nur träumen.

Würden wir weltweit nicht von Irren dominiert, wäre die Lösung der anstehenden Probleme möglich. Statt Banken ständig völlig sinnlos Milliarden um Milliarden in den immer gierigen Rachen zu stecken, würde ich die Anwendung rechtsstaatlicher Prinzipien vorschlagen. Zum Beispiel Banker und Finanzjongleure durch die persönliche Haftung mit ihrem Privatvermögen am »Erfolg« ihrer Entscheidungen zu beteiligen. Zum Beispiel die Durchführung einer geordnete Insolvenz einer Bank, statt sinnlos Milliarden aus Steuermitteln zu versenken. Zum Beispiel Verbote erlassen für unethische Transaktionen und Spekulationen, wie zum Beispiel auf den Niedergang ganzer Nationen oder Nahrungsmittelverknappung zu wetten. Das alles kostet den Staat nichts, ist aber hoch wirksam! So, wie Finanzpolitik aktuell durchgeführt wird, sind die Kosten für den Steuerzahlen über viele Generationen hinweg unüberschaubar gigantisch und die Verluste aus dieser unsinnigen Finanzpolitik maximal hoch. Hinzu kommt der meines Erachtens verdiente Verlust der Glaubwürdigkeit der Entscheidungsträger.

Dann wäre auch der Name Demokratie kein Etikettenschwindel mehr. Vielleicht sollte aber auch der wählende Bürger seine »Marktmacht« ausspielen, und das Kreuzchen auf dem Wahlzettel bei einer »nicht etablierten« Partei machen, damit frischer und nicht korrumpierter Wind in die staatlichen Gremien kommt. Und die potentiellen Anleger sollten sich vielleicht für Projekte entscheiden, die zwar weniger Rendite bringen, aber ökologisch, ökonomisch und ethisch vertretbar sind. Also liebe Leser, hören Sie auf, andere für sich denken zu lassen. Ihr Verstand mag ein mieser Herr sein, dafür ist er aber ein hervorragender Diener. Beginnen Sie selbst zu denken, und treffen Sie Ihre eigenen Entscheidungen. Wenn Sie sich nicht selbst entscheiden, entscheiden andere für Sie und geben Ihnen die Marschroute vor. Gehen Sie authentisch Ihren eigenen Weg in Richtung auf Ihr eigenes Ziel, anstatt fremden Herren zu dienen. Auch wenn die Welt des Kapitals diese Wahrheit nicht gerne hört, aber die Zeit der Sklaverei ist ein für alle mal vorbei! Machen Sie sich nicht selbst zu Sklaven des Kapitals, der Justiz und der Politik! Engagieren Sie sich für Ihre Werte! Es geht um Ihre Zukunft und um die Zukunft Ihrer Nachfahren.

Ererbter Irrsinn

Vielleicht ist aber all der tägliche Irrsinn nur das Erbe unserer Evolution. Quasi über viele Generationen gezüchteter und an die jeweilige Folgegeneration weiter gegebener Wahnsinn. Man könnte es auch so formulieren: wir alle sind die gebündelte negative genetische Auslese vieler Vorgänger Generationen. Wir sind quasi eine auf zwei Beinen wandelnde genetische Müllsammlung, ein Endlager für bestimmte Gene, die zu negativem Verhalten prädisponieren.

Aktuelle Forschungsergebnisse zeigen, dass es lange vor uns zahlreiche Hochkulturen gab, die ohne Kriege auskamen. Erst seit circa 5- bis 5.500 Jahren greift die Menschheit bei Konflikten zu Waffen (bis dahin waren Juristen und somit auch Behörden überflüssig! Welch ein paradiesischer Zustand). Und der moderne Mensch stammt nach aktuellem Kenntnisstand weder vom Affen, noch vom Neandertaler ab, sondern repräsentiert eindeutig eine völlig eigene und seit 200.000 Jahren unveränderte, genetisch stabile eigene Art (Darwin würde sich im Grab umdrehen, wenn er das wüsste). Warum diese Art, Homo Sapiens genannt – ich plädiere für eine Umbenennung in Homo irrationalis rabiatus – dann plötzlich begann, Gewalt als Mittel zur Lösung und Bewältigung bei Krisen und Meinungsverschiedenheiten anzuwenden, ist bis dato völlig unklar. Aber unzweifelhaft ist, dass sich seit circa 5.000 Jahren nicht die naiven und ahnungslosen, die friedfertigen und ausgeglichenen sowie vertrauenswürdigen Menschen durchsetzten und fortpflanzten, sondern die unangenehmen Zeitgenossen, die Pessimisten, die Listigen und Misstrauischen. Und jetzt stellen Sie sich eine Menschenzucht über 30 bis 50 Generationen aus diesem letztgenannten genetischen Bestand vor. Das Ergebnis dieser Menschenzucht können Sie jeden Tag in den Medien und in Ihrem »normalen« privaten Alltag live miterleben.

Die netten, friedfertigen, vertrauensseligen, freundlichen, lieben und hilfsbereiten Menschen konnten sich in diesem genetischen Wettbewerb nicht durchsetzen. Deshalb leben wir heute unter der Dominanz einer »Negativauslese«. Ich vermute ja, wie schon vorher ausgeführt, dass die bereits in den vorangegangenen Kapiteln zitierte 20/80- Regel auch hier gilt. Eine mit 20% Häufigkeit repräsentierte selbst ernannte Elite dominiert eine mit 80% Häufigkeit repräsentierte Sklavenherde. Die 20% beherrschen, unterdrücken, terrorisieren und beuten die 80% aus nach Strich und Faden. Die genetische Ausstattung der 20% machtbesessenen, elitär denkenden und die Herrschaft über die 80% der normalen Bevölkerung beanspruchenden »Krokodile« und »Schlangen« auf zwei Beinen bedingt vermutlich die bereits in den vorangegangenen Kapiteln diskutierten Hirnfunktionsstörungen mit Dominanz des Reptil-Hirns wegen der dauerhafter Aktivierung des Steinzeit-Modus der entscheidenden Gene im Zellkern, und bringt eine massive Einschränkung der Möglichkeiten zur Empathie und der sozialen Kompetenzen im Alltag mit sich. Die 80%- Mehrheit der Unterdrückten, Ausgebeuteten und Herumkommandierten hat zu wenig Biss, um sich erfolgreich zu wehren. Diesen fehlt wieder ein Stück weit die Aktivität des Reptil-Hirns. Dieser Gruppe wird ihre soziale Kompetenz und ihr Einfühlungsvermögen im Alltag regelmäßig zum Verhängnis. Diese Personen lassen sich von den Politikern anlügen, von Diktatoren, Justiz und Behörden unterdrücken, kurz gesagt also von der genetischen »Negativauslese« mit erhöhtem Aggressionspotential bis zum geht nicht mehr ausnutzen. Die dominierenden 20% sind sich der Schwäche der 80% voll und ganz bewusst. Umgekehrt ist sich aber die Mehrheit der ausgenützten und unterdrücken 80% überhaupt nicht bewusst, was hier vorgeht. Wer sich dieser Zusammenhänge aber nicht bewusst ist, kann auch keine erfolgreichen Strategien zur Gegenwehr entwickeln. Die 80% fühlen und erleben sich als ohnmächtig und hilflos, hoffnungslos, ohne realistische Aussicht auf Besserung der eigenen Lage oder positive Veränderung der individuellen Umstände im Leben, die Stimmung ist nieder gedrückt. Dies führt zu sozialem Rückzug und Resignation. Ein von den 20% »Irren« erwünschter und gerne dauerhaft aufrecht erhaltener Zustand.

Dabei wäre die Schlagkraft dieser Armee der 80% »Normalen« enorm. Diese absolute Mehrheit könnte ihre Kraft und Mittel einsetzen, um die Herrschaft der 20% zu beenden. Ohne Gewalt und ohne Blutvergießen. Diese Masse, die absolute Mehrheit der Bevölkerung, kann über den Stimmzettel Parteien, die total versagt haben, in den Zustand der Bedeutungslosigkeit versetzen (in Deutschland aktuelles Schicksal der FDP; meines Erachtens völlig verdient), und neue Parteien, die noch nicht korrumpiert sind, in verantwortungsvolle Positionen emporheben. Diese 80% können ihre Macht als

Konsumenten demonstrieren. Zum Beispiel, indem sie nur Produkte aus qualitativ hochwertiger regionaler Erzeugung ohne Genmanipulation und Nahrungsmittelzusätze kaufen. Dann bleibt die Mehrheit der Konzerne in der Nahrungsmittelindustrie mit ihrem Dreck, den sie in unsere Nahrungsmittel hinein kippen, auf der Strecke (eine Runde Mitleid für die Konzerne und ihre Aktionäre).Oder die Masse kann zum Beispiel nur Produkte aus fairem Handel kaufen, um die Ausbeutung der Arbeitnehmer in Schwellenländern nicht mitzufinanzieren. Die Masse kann das Auto öfter stehen lassen, und zu Fuß, mit dem Fahrrad oder dem öffentlichen Verkehr voranzukommen, und somit die Gewinne der verantwortungslosen, geldgierigen Ölkonzerne schmälern. Die Masse kann ihr Geld zum Beispiel nur in transparente, ökologisch und sozial verantwortbare Fonds oder sonstige sinnvolle Projekte investieren, wie beispielsweise tatsächlich existierendes Gold oder Silber, Waldanteile, Grund und Boden, alternative Energieprojekte, ökologische Medizin- und Nahrungsprodukte.

Die Mehrheit kann ihre Marktposition geschickt ausnutzen, um zum Beispiel Geschäfte gezielt mit Banken abzuwickeln, die sich im Wettbewerb verantwortungsbewusst verhalten (kleiner Tipp: die finden Sie meistens nicht in der Werbung der Mainstream Medien). Diese Masse von 80% kann religiöse Toleranz einführen durch gelebten Alltag, ob es den 20% Leadern passt oder nicht.

Die 80% Masse kann im Internet, zum Beispiel in entsprechenden Foren oder Blogs, entscheiden, welche Informationen fließen, ob es den unsichtbaren Kontrolleuren im System passt oder nicht.

Diese 80% können ihr Sklavendasein, ihre Ausbeutung und Unterdrückung beenden, indem sie den 20% den Gehorsam verweigern und ihnen die Gefolgschaft entziehen. Dann können diese 20% Irren sich gegenseitig ausbeuten und bekämpfen. Die gesamte nicht- menschliche Natur zeigt als Erfolgsmodell im Überleben Kooperation statt Kampf, Miteinander statt Gegeneinander, und sucht – und findet – auf diese Weise das höchste Wohl der Gemeinschaft und des Einzelnen bei besten Überlebenschancen der jeweiligen Spezies und ihrer Individuen.

Geisteskrankheit Wunschdenken und positives Denken

Als allgemein gebildeter und breit interessierter Mensch können Sie es gar nicht verhindern, in Kontakt zu kommen mit Lektüre zum Thema »richtig Wünschen« und »positives Denken«. Diese beiden Virusprogramme infizieren seit mehr als hundert Jahren (!) die Hirne von Millionen zumeist erfolgloser, frustrierter und kranker Menschen. Die Kernaussage, die »take-home-message« ist, trotz lawinenartigem Anstieg der veröffentlichten Bücher mit angeblich immer neuen Methoden und Tricks ebenfalls seit hundert Jahren unverändert die gleiche geblieben. Du musst Dir nur klar darüber werden, was Du Dir wünschst (die Leser werden in diesen Büchern immer geduzt), dann dazu eine positiv gehaltene Aussage formulieren und Gebetsmühlen-artig rezitieren, ein dazu passendes Bild imaginieren und den gewünschten Endzustand als vollendet fühlen, die Szene mit allen Sinnen erleben, und Simsalabim, Dir geschehe nach Deinem Glauben. Und alle Autoren und Seminar-Veranstalter sind sich ausnahmslos in einem Punkt einig: wenn es nicht funktioniert, liegt es immer am Anwender, nie an der Methode. Die arme Sau hat dann schlicht und einfach versagt, die Technik falsch angewandt, gezweifelt am Ergebnis, nicht lange genug durchgehalten oder die Affirmationen nicht oft genug rezitiert. Es liegt nie an der Methode oder den Behauptungen der Autoren, sondern immer nur am Anwender.

Wie kann sich so ein Schwachsinn nur halten über so lange Zeit hinweg, obwohl alle zur Verfügung stehenden Fakten und Zahlen unisono einschließlich aller wissenschaftlichen Veröffentlichungen beweisen, dass positives Denken und Wünschen nichts nützt? Also dem Anwender nichts nützt. Den Autoren, Verlagen und Seminar-Veranstaltern nützt das ganze Theater natürlich schon. Und trotz wissenschaftlicher Beweise, dass die Geschichte nicht funktioniert, ist diese Ersatzreligion nicht auszurotten. Vielleicht möchten die Menschen aber einfach nicht wahr haben, dass sie herzlich wenig Einflussmöglichkeiten auf den Verlauf ihres Lebens haben. Vielleicht ist es nur der verzweifelte Versuch, so zu tun, als ob wir einen freien Willen hätten, und Einfluss nehmen könnten auf den Verlauf unseres Lebens. Dass wir Macht haben über nicht beeinflussbare Zustände und Umstände, wie zum Beispiel Krankheiten. Dass wir uns, wie Münchhausen, am eigenen Schopf aus dem Sumpf ziehen können. Dass wir am Ruder unseres Lebensschiffs stehen. Alles nachvollziehbar, alles zu verstehen. Hat leider nur einen Haken: **it does not work!** Wohin das Schiff unseres Lebens steuert, bestimmen nicht wir. Wer der Kapitän dieses Schiffs ist, wissen wir nicht. Manche nennen ihn (sie/es) Gott, andere Allah, andere Jahwe oder Tao. Aber allen ist eines gemeinsam: keiner hat den Kapitän je gesehen, keiner weiß, was in diesem Kapitän vorgeht, keiner weiß, welches Ziel dieser Kapitän eigentlich verfolgt. Da ist es nicht wirklich hilfreich, dass selbst ernannte Autoritäten zum Thema Lebensgestaltung dem nach Antworten suchenden Menschen auch noch vorgehalten, dass sie/er alles falsch macht und selbst daran schuld ist, wenn es nicht funktioniert. Es gibt Studien, die zeigen, dass positives Denken krank macht, eben durch diese Schuldgefühle und den Eindruck, versagt zu haben. Vielleicht haben ja aber auch nur die Reichen und Mächtigen dieser Erde, also die Schöpfer, Verursacher und Erhalter des grassierenden Wahnsinns, selbst diese Botschaft vom »positiven Denken« und »erfolgreichen Wünschen« in die Welt gesetzt, sozusagen als Futter für die Meute, als Valium für das menschliche Nutzvieh, als Beschäftigungstherapie für die Masse, um das Prinzip Hoffnung hochzuhalten und mögliche Aufstände und Rebellionen des Pöbels zu vermeiden. Das würde zumindest erklären, warum sich eine Methode so lange auf dem Markt halten kann, obwohl sie nachweislich gar nichts nützt. Wahnsinnige verbreiten Wahnsinn, um die Normalen nicht merken zu lassen, dass sie unter Irren leben. Ist das nicht verrückt?

Das Sterben der Irren

Wie bekloppt muss der Mensch sein, der seine eigene Lebensgrundlage auf diesem Planeten zerstört? Wer ist verrückt genug, den Ast ab zu sägen, auf dem er selber sitzt? Wie naiv und weltfremd muss ein Mensch sein, der glaubt, dass er Raubbau an der Natur, der allgemeinen Lebensgrundlage, betreiben kann, ohne selbst von den Folgen betroffen zu sein? Welcher geldgierige Industrielle, welcher korrupte Politiker glaubt ernsthaft, dass die Luft, die er durch seinen Chemiedreck verseucht, nicht durch seine Atmung auch seinen eigenen Körper vergiftet und zerstört? Glaubt derjenige, welcher die Böden wegen Steigerung des Profits vergiftet, wirklich auch im Grunde seines Herzens, dass die Lebensmittel, die ihm die Erde schenkt, ausgerechnet ihn selbst, seine Kinder und Kindeskinder nicht krank machen? Dass das Wasser, welches er um kurzfristigen Gewinns willen vergiftet, und welches auch er selbst trinken muss, ihn verschont? Alles kommt wieder zurück, jedes Giftteilchen, jeder Farbstoff, jeder Konservierungsstoff, alle Schwermetalle, jeder Kunststoff und alle giftigen Gase. Der ganze Dreck führt bei uns allen zu einer schrecklichen chronischen Vergiftung. Für mich ist dieses Phänomen ein Symptom des allgemein verbreiteten Wahnsinns in unserem psychiatrischen Freiluftexperiment. Völlig irre Geldgierige, wahnsinnige Profitgierige schaden sich und dem ganzen Rest der Menschheit. Und durch zunehmende Schäden am Nervensystem durch die chronische toxische Belastung wird der Irrsinn weiter gefördert, und entwickelt sich zu einem Massenphänomen, ausgedrückt als zunehmende Demenzen, Depressionen und chronische neurologische Erkrankungen, als chronisch entzündliche Erkrankungen und Krebserkrankungen. Und, anstatt die Ursachen zu beseitigen, wird der Mensch als zweibeinige Ressource weiter missbraucht durch den Pharmamüll, der zur Behandlung zusätzlich in unseren geschundenen Körper gekippt wird. Da kann man nur viel Glück und gute Gesundheit wünschen.

Der einzige Trost ist, dass die Zerstörer durch ihr übles Werk mit zerstört werden. Die selbst ernannte Geldelite rottet sich damit selbst aus, ist auch nicht schade drum. Immerhin gibt es hier eine Art ausgleichende Gerechtigkeit. Mutter Natur und die Erde brauchen den Menschen nicht, und wir dürfen uns nicht wundern, wenn die Erde beziehungsweise die Natur uns als überflüssige und gefährliche Parasiten betrachtet und sich früher oder später dieses Parasiten entledigt. Quasi ein Selbstheilungsmechanismus der Natur, und – mal ganz ehrlich – auch der Tod ist ohne Zweifel eine Art von Heilung und Beendigung des Leidens. Wie heißt es so schön in der allgemeinen Krankheitslehre: der Befall eines Organismus durch einen Keim endet stets mit dem Ableben eines der Beiden. Und wer sagt, dass die Menschheit der Überlebende sein muss? Das Universum kam lange Zeit ohne den Menschen aus, und wenn die Menschheit ins Nirwana abtaucht, wird das Universum auch wieder ohne den Menschen ganz gut zu recht kommen. Für das Universum sind Banker, Juristen, Behörden und Politiker komplett entbehrlich. Für mich übrigens auch, habe ich das schon erwähnt? Ich kann sehr gut auf befremdliche

Institutionen, wie das Verbraucherschutzministerium, verzichten, welches seine Aufgabe darin sieht, die Industrie und ihre Gewinne vor den bösen Verbrauchern zu beschützen. Ich kann gut auf ein Bundesministerium für Gesundheit verzichten, welches alle Wege frei macht für alle Lobbyisten in der Gesundheitsindustrie, und sich stets bemüht, durch Gesetze und Verbote einzuschränken, was wirklich Gesundheit fördert, aber die Gewinne der Branche gefährdet. Ich kann wirklich sehr gut auf ein Bundesministerium für Justiz verzichten, welches sich keinen Deut um reale Gerechtigkeit im Alltag und das gesunde Rechtsempfinden des braven Bürgers schert, sondern seine Aufgabe darin sieht, den bestehenden Gesetzen Genüge zu leisten. Und wie kommen diese Gesetze zustande? Genau, die Legislative prostituiert sich gegenüber dem Kapital und macht durch individuell passende Gesetze den Weg zum Ausverkauf des Landes und des ganzen Planeten frei! Und die breite Masse hat wie üblich das Nachsehen.

Und was nützt ein Bundesministerium für Familie, wenn der Alltag des Bürgers absolut Familien feindlich wegen der am maximalen Erlös orientierten Kapitalisierbarkeit und Ausbeutung des Einzelnen ausgerichtet ist? Was nützt ein Bundesministerium für Soziales, wenn das Volk von unsozialen Geisteskranken in kollektive Geisel Haft genommen wird und immer mehr verroht und ausblutet? In den Medien wird die zunehmende soziale Kälte beklagt, aber die scheint ja von Seiten der Entscheidungsträger und Systemprofiteure geradezu erwünscht zu sein, um leichtes Spiel bei der Volksverdummung, Lenkung und Manipulation der Massen zu haben.

Ich habe vor Jahren ein interessantes Buch gelesen, in welchem der Autor ein fiktives Interview mit dem Teufel führte und ihn fragte, ob er die Weltherrschaft anstrebe und der Anführer der Menschheit sein wolle. Und der Teufel war mir richtig sympathisch, als er antwortete, ob der Interviewer ihn denn für verrückt oder abnorm halte. Er sagte sinngemäß: wie dämlich müsste ich denn sein, um diese Menschheit regieren und führen zu wollen? Das sei deutlich unter seinem Niveau!

Sollten die Kirchen recht haben mit ihrem befremdlichen Konzept von Himmel und Hölle (woran ich ehrlich gesagt zweifle. Warum sollte Gott die Menschen für seine eigenen Konstruktions- und Ausführungspläne verantwortlich machen? Da gilt es doch eher das Hersteller – Haftungsprinzip), dann sehe ich schwarz für unsere Elite, einschließlich der Kirchenelite! Weder Gott noch der Teufel wollen etwas mit ihnen zu schaffen haben. Die Wahnsinnigen würden nur beide Läden durcheinander bringen und korrumpieren. Aber vielleicht hat der Himmel ja Galgenhumor und sorgt für eine Wiedergeburt als Fußpilz oder als Schimmelpilz auf einer Mülldeponie. Wobei es mir ein Bedürfnis ist, anzumerken, dass Pilze in der Natur ja grundsätzlich nützlich sind, was ich von den Irren in unserer globalen Anstalt nicht bereit bin zu sagen. Wahrscheinlich würden dann die Nachkommen der verstorbenen Irren auch aus einer solchen Wiedergeburt zusätzliches Kapital schlagen. Ich würde da ganz spontan ein chemisches und zuverlässig wirksames Pilzvernichtungsmittel vorschlagen. Auch wenn es giftig und – zumindest offiziell – in Deutschland verboten ist. Die deutschen Firmen dürfen damit in den Entwicklungsländern straffrei immer noch gutes Kapital erzielen. Und das damit behandelte Obst wird dann wieder mit Subventionen des Staates eingeführt, was auch nicht wirklich verboten ist, und so landet der ganze Dreck wieder auf dem Teller der Elite. Womit der Kreislauf dann wieder geschlossen wäre. Na, dann guten Appetit mit schönen Grüßen von Gevatter Tod.

Behörden – eine moderne Variante des KZ?

Glauben Sie, dass es unzulässig ist, einen Vergleich zu ziehen zwischen den Konzentrationslagern des dritten Reichs und dem gegenwärtigen Behördenapparat? Haben Sie sich noch nie gefragt, ob es möglicherweise Parallelen geben könnte? Dass hinter dem System eine vergleichbare geistige Grundhaltung steckt? Eine extrem Menschen verachtende Grundhaltung, die weltweit zur Unterdrückung des gesamten Volks führt, nur im Vergleich zum dritten Reich jetzt weniger ausgeprägt, dafür aber global?

Eine vom Wahnsinn getriebene Elite lebt nahezu ungehindert ihr Bedürfnis nach uneingeschränkter Macht aus. Sie erinnern sich an meine weiter vorne vorgetragene Hypothese, dass bei dieser Elite das Gehirn in seiner Verschaltung und Funktionsweise vermutlich ähnliche Veränderungen aufweist, wie bei Soziopathen oder Psychopathen, nur in einer »abgemilderten« Variante? Leider gibt es bislang zu diesem Thema keine validen wissenschaftlichen Untersuchungen, die diese Vermutung belegen. Aber ein bis heute gültiger wissenschaftlicher Grundsatz lautet, dass eine wissenschaftliche Hypothese solange gültig ist, bis sie durch entsprechende Studien widerlegt ist. Und das ist bis dato nicht der Fall. Also, ausgehend von der Vermutung, dass eine Fehlfunktion des Gehirns vorliegt, hätten wir eine nachvollziehbare Begründung für die Beobachtung, dass bei der selbst ernannten Elite das Reptil-Hirn über aktiv ist. Was sich unter anderem in einem krankhaft gesteigertem Machtbedürfnis ausdrückt.

Aber haben Sie sich schon einmal gefragt, was hinter einem solch krankhaftem Machtbedürfnis, welches immer mit einem krankhaften Kontrollwahn einhergeht, tatsächlich für ein Grundmotiv steckt? Ich will es Ihnen sagen: Angst, nichts als Angst. Nackte Angst! Und nun schließen wir den Bogen zu einer vorangegangenen Feststellung. Vielleicht erinnern Sie sich noch, die moderne Menschheit kennt kriegerische Aktivitäten und Auseinandersetzungen erst seit ungefähr 5 bis 5.500 Jahren? Und wir modernen Menschen – die angebliche Krone der Schöpfung – sind die »gezüchteten« und »negativ selektierten« Nachkommen der Überlebenden der Vorzeit. Die gutmütigen, friedvollen und vertrauensseligen Vorfahren haben mehrheitlich nicht überlebt. Überlebt – und damit ihr Erbgut weiter gegeben – haben die Kämpfer, die Harten, die Misstrauischen, die Über-Vorsichtigen, die Pessimisten, die hinter jedem Busch eine Gefahr vermuten, die in jedem Gegenüber einen potentiellen Gegner wittern, die immer vom »worst-case« ausgehen. Eine solche Grundhaltung bringt keinen Spaß im Leben, dient aber der Erhöhung der Wahrscheinlichkeit, überhaupt zu überleben.

Und mit jeder Folgegeneration kam es zu einer weiteren Fokussierung auf mögliche Gefahren und Bedrohungen, was zu einer Verdichtung der Wahrnehmung im Sinne der Entwicklung einer ängstlichen Grundhaltung führte. Nein, unsere heutigen »Eliten« brauchen Sie wirklich nicht zu beneiden. Lebensfreude, Optimismus, Harmonie und Frieden sind für diese »Reptile auf zwei Beinen« Fremdworte.

Diese Eliten sind eigentlich bedauernswerte Geschöpfe,

deren Existenz ich für mich persönlich nicht als lebenswert bezeichnen möchte. Ich möchte nicht mit dieser genetischen Grundausstattung und soziokulturellen Programmierung leben müssen, durch das Schicksal verdonnert zu einem Leben in Angst, immer bemüht, das nicht kontrollierbare doch irgendwie zu kontrollieren. Getrieben von Angst, im Fokus der Wahrnehmung immer mögliche Gefahren, immer vom Bedürfnis nach Kontrolle und Macht angestachelt, immer von der geradezu wahnhaften und fehlgeleiteten Annahme gesteuert, dass die Anhäufung von Kapital zu persönlicher Sicherheit führen würde und das eigene Überleben hierdurch wahrscheinlicher würde. Überzeugt von der irrigen Annahme, dass die Unterdrückung der Masse und die Kontrolle durch Institutionen, wie zum Beispiel Behörden, dazu dienen kann, sich den »Feind« - also uns »normale« Bürger – vom Leibe zu halten. Beziehungen werden nicht geknüpft aus einer inneren Resonanz heraus, wie zum Beispiel Sympathie, sondern nur aus dem Blickwinkel der Nützlichkeit und Erhöhung der vermeintlichen Sicherheit. Hierdurch entsteht ein krankhaftes Geflecht von Netzwerken, in welchen keiner keinem vertraut, sondern welches von Misstrauen von Jedem gegenüber jedem Anderen geprägt ist. Beschäftigen Sie sich doch einmal mit der Geschichte der Königshäuser und des Finanzadels, dann finden Sie die Bestätigung für meine Aussagen schwarz auf weiß. Und hieraus ergibt sich jetzt eine Behauptung von mir, die Sie vielleicht zu der Annahme verleitet, dass ich selbst bekloppt bin.

Ich behaupte erstens, dass auch jeder sogenannte Normalbürger potentiell die Persönlichkeit der Eliten in sich trägt, nur möglicherweise in etwas geringerem Ausprägungsgrad. Denn auch wir sind die Nachfahren der pessimistischen und vorsichtigen Überlebenden unter unseren Ahnen, die sich dank dieser Strategie fortpflanzten.

Und zweitens behaupte ich, dass die Unterdrückung der Massen durch die Eliten, dass die Kontrolle vieler durch wenige, dass der tägliche Terror durch die Behörden, Banken, Politik und Konzerne nie gegen uns persönlich als Individuen gerichtet ist, und somit – im Idealfall – von uns auch nicht persönlich genommen werden sollte!

Ich weiß durchaus, was ich damit behaupte! Ich kämpfe selbst seit Jahren einen Kräfte verzehrenden Kampf gegen Behörden, die mich rundum trietzen, piesacken und terrorisieren, weil ich mich erdreiste, meine im Gesetz festgelegten bürgerlichen Rechte wahrnehmen zu wollen. Und dennoch bin ich der festen Überzeugung, dass jeder »Behördenterrorist« ein von seinem Reptil-Hirn und den negativen Erfahrungen seiner Ahnen «ferngesteuerter» Roboter auf zwei Beinen ist, der sich gar nicht anders verhalten kann und sich auch nicht dessen bewusst ist, was eigentlich in seinem Kopf im Hintergrund abgeht. Was mich aber natürlich nicht davon abhält, den Kampf David gegen Goliath täglich auf mich zu nehmen. Ist auch von mir nicht persönlich gemeint.

Sie sehen also, auch der Vergleich zwischen unseren heutigen Behörden und den früheren Konzentrationslagern des dritten Reichs ist durchaus statthaft in dem Sinne, dass die Behörden die aktuelle, deutlich geringer ausgeprägte Variante ein und des selben Grundthemas im

Vergleich mit der Maximalausprägung zur Zeit unserer Väter und Großväter darstellen. Die zugrunde liegende Krankheit, der grassierende Wahnsinn, ist identisch. Nur der Ausprägungsgrad, und mit welchem Gesicht diese Krankheit heutzutage auftritt, ist unterschiedlich. Mir reicht die moderne Variante komplett. Die heutigen Behörden sind eine Spaß befreite Zone. Unsere Behörden zeigen sich als Killer unserer Lebenslust.

Die ständigen Auseinandersetzungen mit Behörden, das ständige angelogen werden und der ständige Versuch der Behörden, den Bürger nach allen Regeln der Kunst über den Tisch zu ziehen, in dem Bewusstsein – gestärkt durch den Staatsapparat im Rücken – am längeren Hebel zu sitzen, haben mich im Lauf der Jahre ausbrennen lassen und krank gemacht. Ich halte das für schwere Körperverletzung, aber die »Gerechten« in unserem Lande, die Vertreter von Justitia, halten dieses Zermürben für gesetzeskonform und zulässig. Und, man möge mir es nicht krumm nehmen, das erinnert mich schon sehr an den Umgang der staatlichen Schergen im dritten Reich mit den Juden, halt wieder mal das gleiche Prinzip, nur weniger ausgeprägt. Der hierdurch verursachte Dauerstress führt nachweislich langsam und schleichend zum Tod, aber diese Form von Tötung auf Raten ist durch unsere wunderbaren Gesetze gedeckt und somit rechtlich zulässig. Ob mein Stoßgebet hilft: »Oh Herr, lass Hirn vom Himmel regnen! Und vergib Ihnen **nicht** ihre Schuld, denn sie wissen sehr wohl, was sie tun!« Der letzte Teil des Gebets gilt zumindest für die Entscheidungsträger, für die Richtung weisenden Verantwortungsträger.

Irre wie Du und ich

Aber auch der sogenannte Normalbürger kann zu Hochform im negativen Sinn auflaufen, wenn die Kontextbedingungen hierfür gegeben sind. Vor Jahren wurde ein berühmtes Experiment durchgeführt, welches zu dauerhaftem und zweifelhaftem Ruhm gelangte. Die Wissenschaft wollte herausfinden, wie sich ganz normale Menschen wie Du und ich verhalten, wenn sie mit außerordentlicher Macht- und Kontrollbefugnis ausgerüstet und autorisiert werden. In diesem Experiment bildeten die verantwortlichen Leiter zwei Gruppen, die Gefängniswärter und die Gefangenen. Die Teilnehmer wurden per Zufall, also per Los, einer der beiden Gruppen zugeteilt. Dann bezogen die Teilnehmer des Experiments ihre Quartiere. Die Gefangenen wurden als Häftlinge in Zellen eingesperrt, die Wärter wurden über die Regeln und ihre Befugnisse instruiert. Und dann begann für alle Beteiligten der Gefängnisalltag. Und schon bald entwickelten beide Gruppen die typischen Verhaltensmuster. Die Gefangenen verhielten sich im Alltag wie Sträflinge, die Wärter verhielten sich sehr bald authentisch wie Wachpersonal. Und damit begannen die Probleme. Während die Gefangenen sich zunehmend schikaniert fühlten, entwickelten die Wärter zunehmend grausame, erniedrigende und sadistische Züge. Der gegenseitige Hass und die Gewaltbereitschaft nahmen ganz rapide zu. Und auch die Übergriffe nahmen beängstigend schnell zu. Die Wärter erfanden immer neue Regeln und Schikanen, und überschritten immer häufiger ihre Befugnisse. Schließlich eskalierte die Gewalt auf beiden Seiten, es gab Verletzte und einen Todesfall. Das Experiment musste abgebrochen werden, viele der Teilnehmer entwickelten eine posttraumatische Belastungsstörung mit bis heute anhaltender langfristiger Therapiebedürftigkeit.

Ähnliche Experimente führten immer wieder zu ähnlichen Ergebnissen. Die traurige und nüchterne Erkenntnis aus all diesen Experimenten ist und bleibt: auch Sie und ich sind bei gegebenem Kontext fähig, uns in ein Tier zu verwandeln. Je nach Kontext erwacht das Reptil in uns. Auch Sie und ich entwickeln unter bestimmten Umständen ein rein Reptil-Hirn gesteuertes Verhalten. Auch Sie und ich werden, wenn uns Macht und Kontrolle gegeben werden, zum Unmensch. Es gibt keine nur guten und keine nur bösen Menschen! Unsere Veranlagung zu gutem und bösem Verhalten wird je nach Lebenssituation zu sozial angepasstem oder zu unsozialem Verhalten führen. Gott und Teufel, Engel und Dämonen, beides ist zur gleichen Zeit als Möglichkeit, die auf Verwirklichung wartet, in uns allen vorhanden.

Die Eliten und bestimmte Berufsgruppen stellen, vielleicht durch jahrhundertelange »Züchtung« negativer Eigenschaften, auf einer linearen Skala den negativen Extrembereich der Bandbreite menschlichen Verhaltens dar. Und ich persönlich vermute, wie schon dargelegt, dass im funktionellen Kernspin dazu passende Veränderungen der Hirnfunktion nachweisbar sind als morphologisches Korrelat. Bei der »Elite« deutlich ausgeprägter als bei »Otto Normalverbraucher«, und am schlimmsten ausgeprägt bei Soziopathen und Psychopathen. Also ein und die selbe Auffälligkeit, aber im alltäglichen Erscheinen und Auftreten graduell unterschiedlich, von maximal stark bis ganz schwach ausgeprägt. Die völlig »normalen«, liebenswerten, vertrauensseligen, optimistischen und kooperativen Menschen stellen allerdings eine Minderheit dar, oder sind vielleicht schon vor 5.000 Jahren weitgehend ausgestorben, weil sie im täglichen Kampf ums Überleben nicht erfolgreich waren.

Also, bitte sehen Sie ab von Schuldzuweisungen, die helfen nicht weiter. Was zählt ist Bewusstsein über die geschilderten Zusammenhänge und Ausschau halten nach Möglichkeiten zu positiven Veränderungen. Ihr Feind ist nicht der »kleine« und meist freundliche Bankmitarbeiter am Schalter oder der »kleine« Sachbearbeiter bei der Behörde, diese leiden selbst unter dem rigiden System, in dem Sie gefangen sind. Der Feind ist nicht der normale Polizeibeamte oder engagierte Lokalpolitiker. Streng genommen sind wir selbst unser ärgster Feind, unser größter Feind verbirgt sich in unserem eigenen Körper. Und diesen Feind sollten wir nicht bekämpfen, sondern akzeptieren in seinem so-sein, unterstützen in seinen Bemühungen, uns lange und gut leben zu lassen, und mitfühlend bleiben, egal was geschieht. Und wenn wir uns um Veränderungen in der Welt dort »draußen« bemühen, denken Sie daran: die Machtelite ist krank, und merkt es nicht! Und unsere Aufgabe ist es, diese Krankheit zu diagnostizieren und konstruktiv zur Heilung beizutragen, damit alle – Eliten und Fußvolk – davon profitieren und hierdurch vielleicht in der Lage sind, in der Zukunft wieder ohne Gewalt und Kriege ein beschauliches und zufriedenes Leben zu führen.

Fazit

Ja, zwischen Sein und Schein liegt ein großes **Und**. An den gegenwärtigen Umständen können wir im Moment nichts Grundsätzliches ändern. Wir können nur versuchen, den grassierenden Irrsinn zu diagnostizieren, und dann einen konstruktiven Umgang damit im Bereich unseres Einflusses, in unserem Umfeld für uns persönlich zu finden. Damit wir selbst nicht dem Wahnsinn komplett verfallen und auch nicht zur Verbreitung dieser Seuche beitragen. Und damit wir nicht Opfer dieser Seuche werden: krank werden, Selbstmord begehen aus lauter Verzweiflung oder unser ohne Zweifel in jedem von uns leider vorhandenes negatives Potential verwirklichen. Alles Reaktionen, die plausibel und nachvollziehbar sind, aber nicht wirklich glücklich machen können. Ich wünsche Ihnen viel Glück bei der Verwirklichung Ihres positiven Potentials. Versuchen Sie, ihre eigene Nische zu finden, in der Sie akzeptabel leben und arbeiten können, und bleiben Sie gesund. Bemühen Sie sich um Bewusstheit, vielleicht können Sie damit zunehmend häufig der Vorprogrammierung durch unsere Ahnen entkommen und zum Aufbau einer guten Gegenwart und Zukunft für uns alle beitragen.

Die 10 Gebote der Anstalt

Sie sind nicht bekloppt! Sie leben letztlich in einem Irrenhaus unter der Fuchtel von Irren.

Erfahrungsgemäß leben circa 80% Normale unter 20% Irren.

In den Führungspositionen finden Sie gehäuft die Irren, im »Fußvolk« befinden sich gewöhnlich die »Normalen«.

Die Irren sind eigentlich krank (konkret: eine sozial, mental, emotional und psychisch auffällige »Norm- Variante«), merken es aber nicht.

Nur die Normalen leiden unter den Irren. Die Irren selbst erleben keinen erkennbaren Leidens-Druck. Sie halten sich selbst ja für völlig normal.

Die Irren besetzen und dominieren wesentliche gesellschaftliche Bereiche wie zum Beispiel Justiz, Politik, Wirtschaft, Wissenschaft und Kirchen (unabhängig von der jeweiligen Konfession , Religion , Partei oder Kultur).

Lassen Sie sich nichts gefallen!Weder vom Staat, noch von Behörden oder Konzernen und deren verlängerten Armen. Wehren Sie sich, organisieren Sie sich, decken Sie auf, leisten Sie gewaltfreien Widerstand! Und – ganz besonders wichtig – entwickeln Sie ein liebevolles Verhältnis zu sich selbst.

Entziehen Sie den Irren Ihre Unterstützung! Wählen Sie nicht die etablierten Parteien. Kaufen Sie nur bei Verbraucher freundlichen Unternehmen ein. Machen Sie öfter vom Rechtsweg Gebrauch, engagieren Sie sich mit gleich Gesinnten. Das schlimmste und unvernünftigste wäre, sich passiv und fatalistisch dem scheinbar ungewissen vermeintlichen Schicksal zu ergeben.

Geben Sie nie die Hoffnung auf Besserung auf! Diese stirbt bekanntlich zuletzt. Vielleicht können wir die Welt ja doch verändern. Vielleicht finden Sie und ich ja eine Therapie gegen den Irrsinn oder ein brauchbares Heilmittel, um die Auswirkungen des Irrsinns wenigstens zu begrenzen, vielleicht sogar ganz aufzuheben.

Und – last, but not least – bleiben Sie ehrlich zu sich selbst! Leben Sie authentisch und bleiben Sie Ihren Prinzipien treu. Der Anblick Ihres eigenen Gesichts im Spiegel sollte keinen Würgereiz auslösen, sondern ein inneres Lächeln hervor zaubern.